糖都少年

朱德华 著

山东友谊出版社 · 济南

目录

第一章 穷山村里笑声多

一

维小将在自家的晒场里打豆子，打得满头大汗时，不远处正有几人笑得前仰后合。这笑声，穿过密密的榕树叶，像风一样飞上天空，也飞到了维小将的耳朵里。他停下手里的动作，疑惑地盯住那个方向。

朝那个方向走去，会有一棵榕树爷爷迎接你。为什么叫它榕树爷爷呢？因为，村里最老最老的人说，他的爷爷还小的时候那棵榕树就已经那么高了。绕过榕树爷爷，走进一条小路，眼前就开阔起来。一片圆形的土地前耸立着三间紧挨在一块的瓦房。圆形的土地好像一块巨石的平面，是那么结实，那么宽阔。那几间瓦房是罗文晓的家。文晓家有三兄妹，他是老大，老二叫罗文鹏，老三叫罗美丽。平时，他们兄妹三人常在一块打闹，嘻嘻哈哈的，整个村庄都快被他们三人的笑声填满了。

此时，维小将丢下棍子，朝那个方向跑去。小将妈妈一边擦汗一边骂道："又学老猫子偷懒去了！"

一转眼，维小将就绕过榕树爷爷了。刚踏上小路，那阵快要断气的笑声便像鱼钩子一样吊住了维小将的心，仿佛有一根线，迅速地将他拉到旁边的地里。

眼前的景象让他不由得笑起来。罗美丽和罗文鹏早就笑岔了气儿，正有气无力地躺着。也不知怎么搞的，此时的罗文晓好像变成了一只小怪兽。一个铁桶像一张鳄鱼的大嘴，牢牢咬住了他的屁股。罗文晓根本站不直身子，只好弯着腰，低着脑袋，四肢杵地，吃力地在原地转圈圈。

"哥，哈哈哈！你真像一只屁股朝天的猪！"罗美丽笑出了眼泪。

"哈哈哈！而且还是一只长铁屁股的猪！"罗文鹏边说边用力地捶打地面，一张脸红得像深秋的枫叶。

见维小将来了，罗文晓眼里闪出希望："快，帮我拿下来！"

维小将和他同龄，两人都是九岁，村里的孩子读书晚，九岁刚读到二年级。罗文鹏比他们小一岁，才读一年级。罗美丽呢，不满六岁，自然还是个自由自在的小孩。看来，也只有维小将懂点事，能帮个忙了。

维小将看了看三间瓦房，只觉得空落落的，文晓的爷爷和奶奶一定去山地里收黄豆了。现在正是收黄豆的季节。他们的爸妈常年在广东打工，过年才回来几天，兄妹三人都是老人照顾。其实也说不上照顾，老人整天忙家里的活儿，这三兄妹好像是野草的种子，自落了地就自由生长了。

这次，罗文晓发生这样的事也并不奇怪。兄妹三人整天野猴一样调皮，以前也出过不少这样的糗事。

维小将抱住铁桶，用力地往后拽。他一用力，罗文晓就跟着往后退。拽了几次，毫无结果。维小将一眼瞧见倚在墙根的木头，抓过木头，朝铁桶使劲打下去，才两下，木头竟然断成两截了。

哈哈哈……

罗文鹏和罗美丽又笑得打滚。

维小将也忍不住大笑起来。

“哥，不然以后就这样吧，这就是你的凳子了，去哪里想坐就坐！”

罗文鹏正说着，脑子里已经想象出他哥哥把铁桶当成凳子坐着的场面了，又免不了一阵大笑。

罗文晓竟然也跟着笑起来。

维小将提议三人像拔萝卜一样，把铁桶拔出来。这回可好了，三人刚一用力，罗文晓就被拽得往后仰，真的出现了罗文鹏想象的画面：罗文晓整个人像栽在盆里的葱，四肢像葱叶一样伸向天空，两只眼睛愤怒地盯住他们。

哈哈哈……

笑声更大了。

这一次，铁桶更深更紧地咬住了罗文晓。他只觉得有一根很硬的绳子，将他的腰和大腿紧紧地拢到一起。

二

三个孩子只能带着罗文晓去找大人帮忙。离他们最近的只有维小将家了。

维小将的妈妈打豆子打得哒哒响,那些豆子好像也怕棍子，噼里啪啦地四处逃去。她的目光追着豆子逃跑的方向，忽然看见了满是窘样的罗文晓爬到跟前。等她反应过来，也免不了一阵大笑。

看着妈妈那张笑得合不拢的嘴，维小将说道：“妈，快别笑了，想想办法！”

妈妈抹掉笑出的眼泪，也尝试拔了几下，但铁桶还是牢牢咬住罗文晓。

“哎哟，我说文晓啊，你这是怎么搞的？”

这当然也是维小将想知道的。罗文晓不想说，他的弟弟妹妹一想起来，又忍不住笑。维小将的妈妈说道：“还笑什么，快去找几个大人来。”

兄妹俩找人可是能手，把在田里干活的、在家里做饭的都找来了。他们一来，也哈哈大笑起来。这次，罗文晓的眼睛变成了老鼠眼，可怜又可笑。

最后，两个大人分别抱住罗文晓的两只胳膊，剩下的不管大人还是小孩，一个抱住一个的腰，大家像拔河似的，终于把铁桶拔了出来。

哈哈哈！

一阵笑声给这次意外画上了一个完美的句号。

原来是兄妹三人贪玩，围着瓦房追赶。动作敏捷的罗文晓像只野猫上蹿下跳，谁知，脚下一滑，狠狠坐到了爷爷放在屋檐下接水用的铁桶里。

听了前因后果，再想想刚才罗文晓可笑的样子，大家又一次哈哈大笑。这一笑，人们腰不疼了，胳膊不酸了，干活也更有劲了。

维小将所在的村庄是糖都崇左的卜花村。这里的风景比一幅画还美，大山之外还是大山，清幽幽的黑水河蜿蜒曲折，好像母亲的手，将卜花村的九个屯搂在怀里。在维小将的眼中，卜花村最大的特色用一个字就可以说清，那就是“绿”。山青青的，水绿绿的，一年四季都是绿的。

傍晚，人们会聚在榕树爷爷下面谈天。这些人中有的是白天费力干活，晚上出来放松一下的人；有的是白天睡懒觉，晚上想出来透透气的人；有的是白天伺候一家老小吃喝拉撒，晚上出来解闷的老人；还有一些白天玩不够，晚上还想继续玩的小孩。

听起来似乎有很多人，其实，这些人加起来也就十几个，都是一些留守的儿童、老人和妇女。当然，也有几个懒汉。

维小将的妈妈不喜欢出门。她丈夫常年外出打工，家里的重担全落在她身上。太阳一落山，她就困得睁不开眼，每天晚上不到八点就睡下了。她知道维小将贪玩，总会给他留门。维小将每天晚上必须在榕树爷爷下面兜几圈，跟罗文晓兄妹玩个痛快才肯回家。

听，这些大人又把说过几百遍的话搬出来了。

“哎，你们说，我们村还成个样子吗？以前穷，家里点个煤油灯，到哪儿都热闹。现在有了电灯，哪儿都冷清！”

“谁说不是呢！瞧——”说话的人眼睛绕着村庄看了一圈。站在榕树爷爷最高的树根上，是可以把小村子看个七七八八的。

“看见了吗？家里亮灯的有几个？整个村庄黑漆漆的，还不如点煤油灯的时代呢！”

说这话的人就是卜花村有名的懒汉，本姓谭，好吃懒做，至今没成家。人比整天躺着的蛆虫还懒，但不笨，那张小细嘴，就是十个人同时说，也说不过他。因此，在村里，大伙给他取了一个外号，叫“弹破天”。

此时，“弹破天”又开始谈天了。

“穷山出穷人，恶水出懒汉。这也不能怪我，努力有用吗？瞧瞧那些常年打工的人，回家过个年，比虾米还干，回来一次老一次，也没见兜里富起来。还不如我，整天逍遥快活，虽不富裕，但也青春永驻啊！”

维小将被这话吸引了，认真地盯了“弹破天”几眼。他实在找不到这张脸有什么青春的模样，大大的鼻头斑斑点点的，好像一个土豆，乱糟糟的头发，只怕有五天没洗了。

一些老人不乐意了。他们的孩子，为了这个家，背井离乡，虽不富裕，但也能勉强过得去。

“‘弹破天’，像你这种年纪的人，有几个窝在深山里头？出门打工，就算不富，也能养儿养女呢！你照照镜子，看看自己，老大不小了！”

“弹破天”才不在意呢！他掏出小手机，要约隔壁屯的几个朋友去打牌。他故意把小手机的声音调到最大，好像在告诉大家，他不打工也能用上手机！

三

维小将不明白，卜花村真的很穷吗？为什么老人们、叔叔大伯们都在说穷。每到学生开学，大人就会愁眉紧锁。他妈妈一听到他问穷，嘴里直说晦气。

“什么是穷！你这孩子九岁了怎么这么虎呢！”

小将的妈妈一向暴躁，一根指头点了点维小将的额头，一手狠狠地扯开他脚上的凉拖鞋，抽出已在火中烤红的铁棍，插进拖鞋上破了口的地方。一阵令人反胃的烧焦味随着浓烈的白烟散发出来。小将的妈妈皱着眉头，忍着烫，用指头按住鞋开裂的地方。随着浓烟散去，小将看见鞋上破开的口子居然黏合了。

“这就是穷！”小将的妈妈将鞋子压在一块石头上。

农村的孩子，夏天大多是打赤脚。有些人，两年也不买一双新鞋，破了就补，再破了再接着补，补到不能再补。他们都珍惜自己的鞋子，硌脚忍了，烫脚忍了，但冻脚却忍不得。维小将的妈妈会做布鞋，为了脚长了还能继续穿，往往把鞋子做得很大。每次维小将都要往鞋尖里塞点破布，才勉强合脚。谁要是买了一双运动鞋，那可是全班的大新闻，大家都要凑上去看几眼。孩子们的文具更简陋，铅笔盒是家里给猪打针后留下的纸盒子，书包都是碎布缝制的。有些干脆这些都没有，直接把笔装兜里，把书塞腋下，潇潇洒洒上学去。

这些，在妈妈的眼中就是穷，但维小将眼里看不出穷来，还觉得乐趣满满。他和小伙伴甚至比拼谁的凉拖鞋被烫的次数多，谁的拖鞋能坚持到最后。但这也给他们带了矛盾，不穿吧，鞋子不开口就不能烫；穿吧，鞋子又坏得快。因此，大家都观望着。最惨的一次是，维小将整个夏天都打着赤脚。为了这事，老师还专门找过他，但他第二天还是赤脚上学。自从人员外流，好多孩子也跟大人去城里读书了，村里剩下的孩子不多，几个屯加起来，也没有八十个学生。维小将所在的二年级才有十八个人。因此，老师每天都能关注到他。但他屡教不改，老师也就习惯了。最后，那双鞋变小了，维小将没穿几次，懊悔不已。

维小将的妈妈说，这些孩子还不知道穷的苦味呢！就知道天天傻开心。

其实傻开心的还有光棍懒汉们。一有什么节日，他们便聚在一起打牌。有人说，“弹破天”的小手机就是打牌得来的。但自从在榕树爷爷下炫耀过那回后，谁也没再见过他的小手机了。维小将想，一定是又输掉了。

“弹破天”走到哪，口哨声就响到哪。

“‘弹破天’，你的小手机呢？”

路过维小将家门口时，“弹破天”被维小将这样一问，竟然还嘻嘻笑着，目光望向榕树爷爷，说：“在那呢！我今天就把它赢回来！”

迎面而来的是罗文晓三兄妹，他们瞧见“弹破天”老鼠窝一样脏乱的头发，笑得东倒西歪。

他们三人的笑声大是出了名的，维小将的妈妈晒豆子时耳膜都要被震破了。她咬着牙，心里说：“穷山村里的孩子欢乐真多！”

第二章 苦日子里有盼头

一

卜花村的穷是谁的错呢?

维小将的妈妈二十岁就嫁到卜花村，后来生了小将。她如今来这里已经九年了，也没找到这个问题的答案。

那个年代的人都很能吃苦。正月十五一过，他们就把希望的种子一颗颗埋在山地里。只要有粮食，人就不会饿死。为了那一点点粮食，人们往往去开荒，一锄头一锄头地挖，挖掉石头和野草，好开出一点点希望来。每次干这种活，维小将都会抱怨。

“这都不够山大王吃的！”

维小将说的山大王是老鼠。

老鼠的确很猖狂。它们一个比一个精，知道人们白天在干什么，到了晚上，它们就出来，把种子偷吃了。也有一些幸存的，但结出玉米穗子后又免不了被糟蹋光。大家年年种下希望却年年空。

但人们都不死心，年年都一如既往。维小将又不得不遵照母命，每次都一边抱怨一边干。

村里留下来啃这种穷根的人见了面都说：“哎，种吧，看不到希望，不种吧，也看不到希望。”

“谁说不是呢，好在家里米粮够，人也饿不死！”

“饿不死是饿不死，但口袋空又空！只盼呀，将来真有翻天覆地、改头换面的一天。”

“只怕我们这一辈是看不到了！”

罗文晓的爸妈都三十好几了，家里孩子多，他们负担重，一年又一年在广东打拼。罗美丽才断了奶，她妈妈就赶着下广东。罗美丽有时会傻傻地问：“谁是我阿妈？”

罗美丽真的不认识自己的妈妈。去年，她坐在榕树下，她爸妈从广东回来了。罗美丽痴痴地望着，就是不知道那个女人是谁。当爸爸抱起她时，她被吓得哇哇大哭，那个女人却笑眯眯地安慰她。进了家门，爷爷奶奶说这是她阿妈。她一天说不出话。

村里留守儿童不止他们几个，但是人家的爸妈一回了家，新衣裳、新玩具、新文具多多少少有一些。他们的爸妈，一年到头也舍不得给他们买好吃好玩的。真不知道他们赚的钱都去哪了。

他们村最热闹的时候当数过年了。家家户户都是团圆日，不张灯不结彩，但年味十足。维小将的妈妈喜欢在过年时包粽子。这可不是比小孩拳头还小的三角粽，而是那种砖头一样大，像船只一样的柊叶粽子。里头放的东西可多着呢，五层肥瘦相间的猪肉、捣碎的花生、泡开的绿豆、炒熟的黑芝麻，一层一层地加上去，最后撒上一层糯米。包得圆圆满满的，把一年的好日子都包在粽子里头了。大家蒸粽子、吃粽子，说说过去的事，再想想未来的事，新年的快乐就满了。

大年三十，一家人围在火盆旁守岁。祖宗牌位前的香火不能断，这是维小将爸爸的活儿。每次点三炷香，待它们将要燃尽之际，又点三炷续上，一直点到午夜十二点为止。此时，家家户户要放鞭炮。鞭炮声息宁后，守岁也算结束了，爸爸妈妈都会给维小将封一个红包。

大年初一，孩子们会聚在一处，拿出自己的红包。那些跟父母出去的孩子也回了村，他们穿得光鲜亮丽，得到的红包也最多。维小将从来不跟他们比。他的红包只在罗文晓兄妹面前打开过。

“我认识你三年了！三年了！每年都十块钱！”罗文晓大叫起来，很是不平。他之所以这样说，是因为他六岁以后才有记忆，六岁之前发生的事，他都认为不存在。

“什么！我们一出生就认识了！是九年了！”

罗文晓这才反应过来，抱歉地笑了笑，打开自己的红包。怎么才五元？不死心，他又拆开弟弟和妹妹的红包，都一个样，全是五元。一年比一年少了。

罗文晓撇了嘴，维小将连忙说：“不许哭！大年初一谁哭，以后天天哭！”

罗文晓才不想做爱哭包呢！于是收回眼泪，不再想红包的事。

二

自然，大年初三一过，年味就冷下来，那些返村过年的人陆陆续续离开了。大年初五，整个村子又冷清下来。接着，春雨一下，耕种忙起来了。

卜花村的花阿婆九十来岁了，仍像一根瘦竹似的坚韧，劈柴、做饭、洗衣、喂养动物，无所不能。这么大年纪，她不弯腰、不驼背，站如松、行如风。要说缺点嘛，就是几十年前那张光亮的鹅蛋脸如今变成了核桃脸，两排如葫芦籽的白牙也仅剩三颗，两颊凹陷，笑起来嘴像个小黑洞。她面容慈祥，爱讲故事，孩子们都喜欢她。

罗美丽不爱梳头发，花阿婆就用一把木梳子把她的头发顺呀顺，顺成一条河，再用橡皮筋挽上去，打个转转，扎紧，罗美丽的头上就开了一朵圆鼓鼓的黑色花苞。这还不够呢，花阿婆反手摘下一朵大海棠，一插，呀，罗美丽这回可真美丽啊！

花阿婆最喜欢种花。她不仅在自家院子里种花，还在村路口、池塘边、山路上……凡是有土的地方，她都撒上花种子。就这样，卜花村里一年四季都开满了花。孩子们常在她的院子里赏花玩耍。

“苦根太长，人总得找点乐子嘛！”

花阿婆总是这样跟孩子们说。

维小将最喜欢思考，大人的话，他觉得有点奇怪的，都要问到底。

“难道乐子就是种花吗？”

“嗯！”当他这样问的时候，花阿婆就会点点头，“花一开，人心情就开朗，就不记得那些苦了。”

但有时，维小将也不这么问。他的小脑瓜子里总冒出新问题：“花阿婆，苦根是什么呀！”

“就是穷苦啊！日子太苦啊，你们小孩还体会不到。”

维小将体会不到，罗文晓却深有感受呢。他一想到爸爸妈妈常年打工，没攒到钱，红包一年比一年少，就想哭；他一想到爷爷奶奶身体一天不如一天，病了也扛着，更想哭。

罗文晓心里苦着呢！

然后，花阿婆说：“我们要学会苦中作乐，人生才有盼头啊！”

是呀，花阿婆大半辈子都吃苦，她多么想看到好日子呐！她说，她总也不死，就是不甘心闭眼，她要让这双眼睛还清亮亮的，好看看卜花村变甜的样子。她一天盼过一天，终于有一天忍不住了，只好自己动手种起花来。果然，花一开，人的气色就不同了。维小将妈妈都说，是那些花让花阿婆越来越年轻。

嗯，生活就应该有所寄托，有所希望。花阿婆的希望就是花会开。那么，这可愁坏了维小将，他的希望是什么呢？

“你的希望就是长高啊！”罗文晓告诉他。

维小将翻起眼皮，给了他一个大白眼。

“怎么，难道我说得不对吗？我们一样九岁，我比你高这么多！”罗文晓站到维小将跟前，比了比，嘿嘿，比他高出一个拳头了！

“哥，你的希望是什么？”罗文鹏总是针对他哥哥。

罗文晓被问到心里去了，脸色暗下来，说：“当然是爸爸妈妈回来，爷爷奶奶身体好了。”

罗文鹏低了头，就连罗美丽也不叽叽喳喳了。

原来，卜花村的每个孩子心里都有自己的希望。

三

孩子们哪有什么真正的忧愁？转个身，他们的笑声又像流水一样长了。

一年后，卜花村竟然有些新的东西像花阿婆种的花一样开出来了。最先开出新花样的是罗文晓家。那天，罗美丽在榕树爷爷下面捡掉落的果实吃，就看见一个熟悉的身影。

竟然是她爸爸回来了！

真奇怪，平常都是过年才回来几天的，现在蝉声阵阵，烈日炎炎，他怎么回来了？

没两天，就有人把他们家的三间瓦房推倒了。接着挖地基，打地基，买新砖，盖新房。维小将日常的去处就是看那些人盖新房，他常常帮工人搬砖头。罗文鹏笑着说：“嘿，好像这是给你家盖新房似的。”

卜花村哪有人盖过这样的新房，维小将这颗好奇的心早就像逃出笼子的鸟，飞到这里来了。

这是罗文晓三兄妹最快乐的时光，也是维小将充满幻想的日子。一个多月后，一座敞亮的平房盖好了。新房子共有四个房间，罗美丽终于有了自己的小房间，但她不敢一个人睡，还是跟兄弟俩挤在一起。

房子才建成，罗文晓的爸爸就又去广东了。维小将说：“知道你的红包为啥一年比一年少了吧？少的那些都在新房子上了！”

罗文晓泪汪汪的，心里却甜甜的。

维小将心里在这一刻也隐隐地冒出了一个希望，他想有一座像罗文晓家一样的房子。

“妈，爸是不是也存钱盖房子了？”

“钱，存了一些，但不是盖房子用的。”

“那是干什么用的？”

“给你读书用呀！”

“啊？我不要！”

“没出息！你想想啊，没文化怎么走出大山？你爸每年回家都叹气，说是后悔当初没咬牙把初中读完，他要是有初中毕业证书，当年出去打工也不会四处碰壁。还有啊，他们厂里招进来的大学生，一来就是专家。你说读书重不重要？”

可是，维小将犹豫了，环视一圈家里破烂的瓦房，他很不甘心。

他妈妈又说话了。

“有文化才能翻身啊，难道你想一辈子待在大山里？好好读书，将来有出息，妈脸上都贴金。这可比什么高楼大厦强多了！”

罗文晓家一开了这个头，就有更多的人去效仿。第二户盖得起新房的是罗成家。罗成一家四口常年在外，两个孩子在城里读书，两个大人在城里打拼，听说日子过得很滋润。大家都以为他们不会回乡了，没想到他们竟然回村盖了两层楼房。这可了不得，往后，大家像是比赛一样，争先恐后地推倒老房子，盖起新房子。

花阿婆慢条斯理地侍弄自己的花，对维小将说：“不要跟你妈妈闹别扭了，她说得对。”

维小将看了一眼给花松土的花阿婆，弱弱地说：“还是住新房舒服。”

“傻孩子，他们盖了新房，勒紧裤腰带过日子，可比以前苦多了！不如像我这样，种种花，苦中作乐！”

维小将还是不开窍，他就喜欢新房子，他就觉得盖新房也是苦中作乐。

第三章 来了一个老干部

一

维小将的脑子里冒出一个和他年纪不相仿的想法：他要给卜花村增加一些颜色。

这无疑是给自己找难题。

卜花村不缺颜色。光说花阿婆的花，就已经五颜六色了。

三年级的课程难起来，要写作文了。这对土生土长的壮族孩子来说简直难于登天，他们连普通话都说不好，怎么写呢?

开学才两周，老师就布置了一篇习作，要求写三百字以上。罗文晓挠得头发也变成了“弹破天”的样子。

“你才是‘弹破天’！”

当罗文鹏拿这个取笑他的时候，他就恨恨地说。

“你以后也变成‘弹破天’！”

罗文晓又说，因为他弟弟二年级了，到了明年，也要写作文。

“哼！我才不会呢！我现在偷看你的，以后抄你的！”

罗文鹏像只顽皮的猴子跑出了房子，差点就和前来讨教的维小将撞上了。

“你写了吗？”

维小将进门第一句话就问这个。罗文晓摇摇头。

作文的题目是《我的家》。维小将看了看这个新家，歪着脑袋问：“你住这样的房子都写不出来？”

“哎呀，一两句话我能写，三百个字要命呀！我都不会写那么多字！”

二人坐定，对着窗户苦思冥想。罗美丽和罗文鹏在院子里追蝴蝶，吵得要命。罗文晓不嫌他们吵闹，他好像看见了他的家。沉思片刻，他开始动笔了。维小将斜着眼，人家写一个字，他就偷瞄一个字。

“我的家很美丽！”

维小将觉得，第一句话他写得很好。

“我有一个弟弟和一个妹妹，他们很条皮。去年，爸爸回来 gài 了心房子。我们高兴级了！”

老师说过，不会写的字可以用拼音。当然，维小将也没看出来，罗文晓这一段中有很多错别字。

“有了心房，爸爸妈妈天天不回来，我真的好想念它们！在这个家里，我有一个 yuàn wàng，那就是爸爸妈妈永远和我们在一起。”

写到这里，罗文晓再也写不下去了。他问维小将怎么办。

“我也不知道，我一个字还没写呢！”

反正是周六，大家都不着急。维小将建议出去玩一玩，放松一下脑子。

一只糊涂的小老鼠不知从哪里钻出来。罗文鹏见它灰溜溜的样子，跑上去，想踩它一脚。老鼠急得团团转，罗文鹏踩了一个空，他又踩了几次，一次也没踩中。维小将叉着腰，笑折了身子。罗文晓笑够了，也上前帮忙，谁知老鼠不转了，直接跑向草丛。罗美丽正好在那个方向，她一踢，就踢中了，老鼠又回到罗文鹏的脚下团团转。老鼠哪怕已被罗美丽的脚踢得发昏，还是很巧妙地避开了罗文鹏的一踩。

哈哈哈！

维小将和罗文晓笑得直打滚。罗美丽却气鼓鼓的，冲上来，一下子就把老鼠踩在了脚底下。

罗文晓笑着说：“我知道了，我要去写作文了。”

维小将扶他起来，等他站稳，双手冷不防地抓住他的肩，一用力，脚一离地，整个人高了大半截，像一根直直的木桩吊挂在罗文晓的后背上。此时，正有一个奇怪的人经过。他上身穿黑色衣服，手里拿着一个东西，好像一只怪物的大眼睛。他看见维小将和罗文晓叠罗汉的样子，便将那个奇怪的大眼睛对准了他们。一道闪光掠过，受了惊吓的维小将双手一松，从罗文晓背上快速滑下来。

四个孩子惊恐地盯住正在走近的怪人。

二

维小将紧紧盯着那个黑东西。见那人笑眯眯的，孩子们都不怕了。

“喜欢这个？”

那个人来到维小将的跟前，拿起黑东西晃了晃。

“这是照相机。”

呀！维小将心里一惊，原来这就是传说中的照相机啊！他伸出手，想摸一摸，又像触电似的缩了回去。那人笑了笑，小将又像只好奇的猫，伸出手来，一摸。嗯，这感觉很奇妙。

“来，我给你们几个孩子拍一张童年照！”

那个人看了看，说：“来，你们站成一排，在房子面前，这样我也好拍到房子！”

咔嚓一声，亮光一闪，拍好了。

几个孩子围上来。那人说：“别着急，现在还看不到呢！等我回去洗成照片才能看。”

维小将眼里的光就像被吹灭的蜡烛，一下子暗了。

那人看出他的心思，便说：“照片出来了，我就拿来送给你们。一二三四！嗯，一人一张！”

孩子们兴奋地跳起来。高兴也会传染，那人也显出一副孩子的天真模样，声调也温柔起来：

“哎，童年的时光一去不复返。我连一张小时候的照片都没有。”

维小将这才想起眼前的人面生得很，来这里，一定就是为了找人，便问道：“伯伯，你来卜花村找谁？”

“嗯，就是来看看。”

说着，他就走开了。远远的，孩子们听到他在念诗：

少小离家老大回，

乡音无改鬓毛衰。

儿童相见不相识，

笑问客从何处来。

维小将一直盯着他远去的背影，见“弹破天”从那边走来了。“弹破天”好奇地盯住那个陌生人，两人不知说了什么，“弹破天”就转个方向，和那个人一块走了。

罗文晓跑回去写作文，此刻，他的脑子里充满了各种想法，三百字终于没问题了。维小将见“弹破天”那殷勤的样子，感到很是奇怪，便追了上去。

“弹破天”带着陌生人走进花阿婆家。维小将很快追上来了。

“伯母，是我呀！”

陌生人一把抓住花阿婆的手，脸上显出兴奋与激动。花阿婆盯着眼前的人，脑子似乎空白了。渐渐的，在空白的地方出现了一个孩子的面孔。花阿婆认出那个孩子了，但还是有些疑惑，有些不敢相信。

“大忠？你是大忠？”

那个人点点头，笑了，眼里泛起泪光。

“啊！你离开卜花村的时候还这么小！”见维小将来了，花阿婆指着他说，“像他那么小。”

“花阿婆，他是谁呀？”维小将问。

“弹破天”也说：“我都不知道他是谁，维小将，你能知道他是谁？”

花阿婆指着自家旁边的玉米地，告诉他们：“那里原来就是他的家。”

维小将有些傻眼了，这个陌生人是卜花村人？

三

这个在花阿婆嘴里叫作“大忠”的人，是个土生却不土长的卜花村人。怎么说呢，在他像维小将这么大的时候，他那个颇有野心的爸爸嫌弃这里穷，非要带上全家去外面闯荡。后来啊，他们家的老房子就塌了。花阿婆眼瞅着这块地荒了可惜，就种上了玉米。花阿婆的丈夫和大忠的爸爸是亲兄弟。这些年，大忠一家没回过乡。花阿婆只听人说，大忠大学毕业后，在他们县里当了干部。

“大忠啊，你现在是多大的干部呐？怎么想起看我来了？”

花阿婆拉着他的手，一直不放下。

“我啊，快退休了，想回来看看……”说话的时候，大忠的目光四处寻找，满是回味的样子。看来，是怀念自己的童年了。

“看来，您就是大伙常说的那位老干部，忠伯伯啦！”

“弹破天”说着，连忙上前套近乎，介绍自己是谁的儿子，自己的爸爸跟他爸以前是什么关系。

“哦，我说怎么这样面熟呢！原来是黑鼻头的儿子。你爸现在还好吗？一会儿我找他说说话。”

“弹破天”嘿嘿笑。花阿婆收敛起笑容，说：“好什么好，他爸都快要气得脑出血了！‘弹破天’这孩子，懒啊！不干活，整天在村里游荡，三十好几，还没成家呢！”

“年轻人该多出去闯荡，多学点东西。不然，就在家老老实实做点什么，也不能啃老。”忠伯伯说这话时很是严肃。

“弹破天”只是赔笑。

花阿婆说：“嘿，这也没办法，你看我，从年轻起，就早出晚归，都快入土了，家里还是一贫如洗。待在这山窝里，再怎么劳作也富不起来。”

忠伯伯一副悲悯的神色，不停地摇头。过了一会儿，他说：“这次我回来，一是为了寻找儿时的感觉，再就是考察卜花村，看看怎么给它改头换面。现在政府牵头搞新农村建设，我怎能忘了我的故乡呢！”

“弹破天”一听就来劲，忙问什么叫新农村建设。

“新农村啊，比如说你吧，要有新农村，就不能有像你这样懒惰的人，人人撸起袖子加油干，人人腰包鼓起来。再看看花阿婆有些颓坏的瓦房，社会主义新农村啊，就是让所有人都住上新房。”忠伯伯环视了一圈周围的环境，点点头，“新农村啊，环境要优美。现在卜花村很美了，到处鲜花盛开，但是新农村啊，要比现在还美。”

忠伯伯看了看“弹破天”，又说：“新农村建设呢，重要的是乡村文明，不能聚众赌博、打架。”

维小将嘻嘻笑，掐住“弹破天”的肉，说：“这回看你还怎么偷懒！”

忠伯伯看着维小将，目光顿时柔和起来：“嗯，新农村啊，要让孩子们有书读、有学上，给他们一个光明的未来。总之呢，我们都要加油干，共创我们的美好家园！”

维小将顿时目瞪口呆，这不就是他要写的作文题目吗！我的家，不一定只是我自己的家啊，我的家往大一点来说，可以是整个卜花村。维小将赶紧跟大家道别，急匆匆跑回去。他要写一篇大作文，要写一篇关于自己想象中的卜花村的作文。

第四章 甜甘蔗带来希望

一

毫无疑问，维小将的作文被当成优秀范文展示了。站在讲台上朗读自己的作文，维小将的四肢都在发颤。这以前可是没有过，往常习作最优秀的是文勇兵和刘小蝶。此时，他俩正在大眼瞪小眼，一脸不服气的样子。

“卜花村就是我的家。虽然，卜花村在花阿婆的装扮下，到处鲜花盛开，美得跟画似的。但是，还不是我心目中最美的卜花村。我想，最美的卜花村应该是忠伯伯说的新农村的模样。那是怎么样的呢？在我心里，它应该是这样的，家家户户不用再住一下雨就漏水的瓦房，我们上学的小路，应该是一条光亮的水泥路，我们每个小孩，再也不用比谁的拖鞋穿得更久。每一个大人的腰包都鼓起来，每一位妈妈的脸都笑起来。卜花村的榕树爷爷下，不再是打牌的声音，‘弹破天’也变了样，他勤奋起来，懂得靠自己的汗水去创造生活。真希望，有这样一个卜花村，有这样一个家。”

一开始，维小将朗读的声音很虚飘，好像一团远在天边的云，风一吹就散了。慢慢地，他的声音越来越结实，好像一阵阵鞭炮声响在教室里。

刚读完，文勇兵就站起来问：“老师，他的作文有三百字吗？”

大家觉得真的很短，短到班里的大胖刚打完一个瞌睡他就念完了。老师笑了，解释道：“维小将的作文的确没有三百字，但是，老师为什么觉得优秀呢？你们有些人，写作文就是为了凑字数，边写边数字数，有的废话重复说了好几遍。读完作文，通篇没主题、没中心，甚至连完整的故事都没有，都不知道你们要表达什么。而维小将的这篇作文虽然短，却有四两拨千斤的意思。我的家，你们写的都是自己家里鸡毛蒜皮的事，再看看人家维小将的格局！他写的家，是大家的家，或者说是大家的理想，甚至是整个社会的理想。所以，小文字里有大主题就是最好的作文！”

这下子，不服气的同学也心服口服了。

老师把维小将的作文贴在学校的宣传栏里。维小将出名了。有些人看不惯，就说：“维小将，你说的都是废话啊，你有本事的话，把这样的卜花村变出来给我们看看！我们以后都叫你大哥！”

他们嘻嘻哈哈地走了。维小将盯住他们的脚，几个人脚上的拖鞋有好几处烫过的痕迹。还有人一只脚上的鞋开了一个很大的口，还没来得及烫上。

维小将没生气，他忽然感到心疼，搞得他这一整天都心情不佳。放学回到家，妈妈叫他去菜地摘豆角。他走着走着，走到文勇兵家的菜地里去了。就在他摘了半把豆角时，文勇兵挑着一担水过来，见状大吃一惊，气愤地喊："我说是谁！原来是你这个贼！"

文勇兵跟他的名字一样，长得又壮又勇，结实的肩膀好像是石头做成的。大家本来以为这副长相应该是干活的料，没想到，他也是读书的料，在班里成绩数一数二。

不等维小将反应过来，他就已经走到菜地里，将桶一放，溅起的水花打湿了维小将的脚。他气愤地说："还我的豆角！"

维小将终于不愣了，定睛看看四周，哎呀，这根本不是自家菜地啊！顿时，一张脸红得像火烧云。文勇兵不依不饶，坚决要他赔。

"我没偷，我走错菜地了。我还以为这是我家菜地。"维小将解释，但是怎么解释也无法洗脱嫌疑。

"被我逮个正着，还说谎！"这时，文勇兵的双眼又盯住他手里的半把豆角，气不打一处来，"我的豆角！哎呀，你这个贼！"

维小将心里那个悔啊，都能把自己急死。他怎么就这样笨啊，走错路，走错菜地！哎呀！文勇兵肯定打死都不会相信自己的。但他又不甘心被人骂成贼，于是把豆角都塞给文勇兵，还帮文勇兵浇菜地。文勇兵双手交叉，一副愤愤的模样，嘴里嘟哝着："不原谅！一次是贼，永远是贼！不原谅！"

"够了！文勇兵！"维小将指着西头一角，离这里大概一百米的菜地说，"你去我家菜地看看，有什么喜欢的随便拿！就是别说我是贼了！我刚才在想事情，想我们卜花村什么时候才能变样，大家什么时候才能富起来的问题，没看路，走错了！都怪我妈，叫我去菜地摘豆角！"

文勇兵没见过一口气能说这么长一串话的维小将，终于闭嘴了。他跟维小将去了菜地，豆角一条条，跟他家的一样长，他不稀罕；黄瓜一根根，比他家的大不了多少，他也不稀罕；上海青跟他家的一样绿，他更不稀罕……

他的眼睛变成了放大镜，将菜地里的每个角落都仔细看了一遍。终于，有几丛半人高的甘蔗将他的眼睛牢牢地吸住了。他点点头，说："嗯，就是它们了！"

甘蔗才长出三四节，也不是能吃的时候，但为了堵住文勇兵的嘴，维小将只好闭上眼睛，让他粗暴地掰断了一根又一根。

二

没想到，第二天在上学的路上，维小将看见地上有几节甘蔗，只一眼，他就看出来那是昨天文勇兵掰的那些。有些甘蔗被啃了几口，有的跟昨天一个样，一口也没动过。

进了教室，文勇兵看他的目光依旧不友善，那带刺的眼神分明在说维小将是贼。罗文晓看出来这两人之间有矛盾，下了课，悄悄问维小将到底是怎么一回事。维小将一五一十说了，罗文晓也只有同情的份儿。他跟文勇兵也说不上几句话，人家不可能相信他。

放学后，维小将再经过那个地方，竟然不见文勇兵丢弃的那些甘蔗了。吃过饭，他要去给家里的猪捋野菜吃。花阿婆在路边浇水，维小将看见那路边刚埋了新土，莫非花阿婆又种花？

“花阿婆，这回是什么花？”

“你猜。”

“美人蕉？海棠花？木槿花！不会是喇叭花吧……”

花阿婆说：“这花很甜。”

“嗯！”维小将挠挠头，眼睛亮起来，“是玫瑰花！我吃过，很甜的！”

花阿婆摇摇头。

这可把维小将难坏了。花阿婆说：“这花很硬，长起来，一节一节的，到了冬天才变甜呢！”

还有这样的花？

维小将认输了，花阿婆说：“今天走在路上，也不知是谁，扔了几节甘蔗，我就拿回来种了。”

原来是这样，难怪维小将放学的时候没见到甘蔗。但是花阿婆说这是花，这怎么是花呢？

“这是甜甜的笑脸花！我年轻的时候啊，有人种甘蔗，请我们去砍。第一次吃到甘蔗，我们脸上都笑开了花，真是甜透心呢！”

谁说不是呢！这几节甘蔗可是维小将的爸爸去外村好不容易求来的，才长这么一点大，就被糟蹋了，他心里一直不开心。如果甘蔗还在，到了冬天，他的脸上也能笑开花。

花阿婆看出来维小将想吃甘蔗，就说：“等我种好了，给你一大截！”

其实倒也不用，每年冬季，他爸爸都会去外村帮人家砍甘蔗。一些好心人会送他一两根。爸妈都舍不得吃，最后都落到他肚子里。

当维小将家后院的那株石榴树把拳头大的果实压在瓦砾上的时候，忠伯伯又来了，这回，他还带了一个人。他第一个要见的人当然还是花阿婆。这次，他给花阿婆买了许多东西。有过冬的衣服、棉鞋和袜子，有一些老年人吃的钙片，还有一些零食。花阿婆牙都没了，吃不了零食，孩子们一来，就把零食分光了。

忠伯伯这次来，是有目的的。听花阿婆说，他要改变故乡，把故乡变成一个新农村的样子。维小将知道了自然很高兴。他一整天都在哼歌儿，就连喂猪也要唱上两句。他妈妈连连摇头，努嘴，对别人说：“我家小将，最近也不知道是不是捡到钱了，天天傻乐呵。”

有一次，她的话被维小将听了去。他反驳说：“简直比捡到钱还高兴！”

他又把自己的那篇作文看了看，其实，他早就把那篇被老师赞了又赞的作文背得滚瓜烂熟了。

这就是他的梦想啊！有一天晚上，他还真梦见一个不一样的卜花村呢！在梦里，卜花村被花包围着，里三层，外三层，都是他说不出名字的花。有一种花，他最喜欢，那样子好像一只只轻盈的蝴蝶，是太阳色的，靠近了看，花瓣上有红褐色的圆点，大小不一。他走在曲曲折折、干干净净的水泥路上，走进了自己的新家。那是一栋两层小洋楼，白白的墙，走进去，哇，竟然是电视里有钱人家铺的瓷砖！维小将高兴得直打滚。走出门，绕过曲曲折折的满是花的路，来到罗文晓家。他们家也变了样，他们家也是两层小洋楼。放眼一看，家家户户都是楼……

三

那个周末的清晨，维小将起得很早，他妈妈一下子揪住这个现成的劳动力，让他去菜地摘点青菜。这次，他打起十二分的精神，告诉自己别再走错。乡间的小路像鸡肠一样，纵横交错，密密麻麻的，比蜘蛛网还复杂，一分神走错了路，实在很正常。

不过这次，维小将的脑子很清醒，能在交错的小路中找到正确的路线。走进菜地，几处反光引起了他的注意。那是几滴露珠在朝阳的照射下反射出的鲜活光芒。维小将走上前，神奇地发现，被文勇兵掰断的甘蔗又冒出新的苗来了。闪耀着光芒的露珠就在这新苗上，好像一只只亮晶晶的眼睛，那么干净纯洁。

维小将静静地观看，不忍心破坏这些钻石一样亮的东西。清晨的风却在这个时候耍淘气，它一吹，露珠一颗颗滑下来，消失在土里。

唉……

维小将有些失望，美丽的东西总是这样脆弱。

甘蔗长得很快。维小将隔两天就来查看，每次一来，都发现它们高了不少，渐渐的，露出一节甘蔗的身躯。他去花阿婆种甘蔗的地方，发现那片新土已经有了些陈旧的模样，有些绿点点，像芝麻粒那么大的，开始冒出土来。那是野草，乡下到处长野草。

也不知道过了多少日子，反正那个时候，维小将家的甘蔗已经长出两节高了，忠伯伯又来了。这次，他是和卜花村的村主任一起来的。他们又把卜花村从里到外走了一遍。忠伯伯特别去了文勇兵家。文勇兵的妈妈是个残疾人，据说，那年山上开炮，她被一块石头压断了腿。每次碰面，维小将都看见她的一条裤筒空荡荡地飘在那里。他的爸爸为了全家生计，也跟维小将的爸爸一样出去打零工。尽管家里很苦，但文勇兵学习很刻苦。维小将的妈妈常常当着小将的面夸文勇兵是个多么好的孩子，还说他长得像牛一样结实，是因为踏实肯干活，不像维小将，做事不踏实。

维小将不甘心，他觉得自己除了没有人家壮，没有人家学习好，剩下的都比文勇兵强。比如，文勇兵小心眼，他做人大气；文勇兵喜欢冤枉人，他却讲究证据。

忠伯伯从文勇兵家里出来后，又去了罗文晓家。罗文晓的父母负担很重，三个孩子，两个老人。据说，他的爸爸有慢性病，常年吃药。当然，忠伯伯也来了维小将家。

“忠伯伯，这次这样严肃，是不是有什么大事？”维小将问。他妈妈却以为是来普查人口的。结果，忠伯伯却说：“我们是来调查卜花村村民的工作、收入、身体状况、文化程度等情况的。”

“调查这个干什么？”维小将心里有些发慌。

忠伯伯笑了，他的笑容像一剂良药，治好了维小将的心慌。

“调查清楚了，心里有数，我们几个老干部呀，要好好商量，怎么做才能让卜花村大变样。”

这些话，都说到维小将心里去了。维小将的妈妈一阵苦笑，抱怨说：“自打我嫁过来，卜花村就这个样，一穷二白，种点粮食也是靠天吃饭，哪那么容易大变样呢？”

“小嫂子，现在致富靠脑子，靠产业链，你不懂，我们回去再研究研究，到时候肯定有办法！”村主任告诉他们。

维小将已经开始想入非非了。产业，到底是什么产业呢？他的爸爸帮人家砍甘蔗，一回到家老是啧啧称赞，说人家一车甘蔗卖多少钱。

如果他们也种甘蔗，会不会也赚大钱呢？

当这个想法像气泡一样从维小将的脑子里冒出来的时候，他自己也吓了一大跳。

他摇摇忠伯伯的手，问：“甘蔗，种甘蔗行不行呐！”

关于甘蔗这件事，这些日子忠伯伯也在考察，没想到维小将一下子说中了他的心思，他拍拍维小将的脑袋，说：“甜甘蔗啊，的确是有希望的。”

维小将眼里满是憧憬，好像卜花村里里外外都种满了甘蔗。

第五章 人人干劲足

一

卜花村吹起了一股风，现在人人都知道，他们这里要进行社会主义新农村建设了。大家仰起头，伸长脖子，等待着忠伯伯再一次到来。一些脑子活泛的人带起了头，他们偷偷地在山上撒下一些种子。

“弹破天”看见那些人挖洞的挖洞，锄草的锄草，开荒的开荒，撒种子的撒种子，忙得不亦乐乎，就凑上去，想一探究竟。那些人神神秘秘的，就是不肯告诉他。

“山葡萄？”“弹破天”猜道。他们只是笑笑，不说话。

“难道是橘子？”

人们摇摇头。

“芒果？”

人们又不说话。

“一定是李子桃子之类的水果！”

有人忍不住了，说："种那些几年得收成？看不见的东西，亏大本了！"

"该不会是玉米吧！"

"你就知道玉米，真是没见识！告诉你，它小小的，都是按两来卖。城里也不是人人吃得起，得是特有钱的人才会买。"

"芝麻？"

最后，"弹破天"无趣地走了。

卜花村的人似乎都忙起来了，连平时在榕树爷爷下打牌的人都神神秘秘的，好像在密谋什么大事。

"弹破天"找不到一起玩的人，无聊得只好用石头打榕树爷爷的绿叶。嗖！嗖！打落了几片叶子。

一个人都没有！他们都搞建设去了！

"弹破天"觉得这个世界上就剩他一个人了，东游西逛了大半天，无聊像条毒蛇缠住了他，让他站也不得劲，坐也不得劲。

咕噜噜——

叫饿的肚子将无聊赶跑了一半，回到家，他的老父亲竟也不在。一大把年纪了，难道还学那些"疯子"们搞建设？"弹破天"边想边找吃的。满是污垢的桌子上，只有几个还没洗的空碗。他的目光移动到墙上，一只蟑螂好像意识到他在看它，急急忙忙钻进洞里去。

什么吃的都没有。

他掀开锅盖，连稀饭都没有，打开碗柜，几只飞蚁逃了出来，除了几个好久都没用过的碗，什么也没有。这时，他觉得自己的脚下有东西，低头一瞧，原来是几根木薯，红红的，像一条条鱼躺在地上。“弹破天”吞咽了几下口水，迫不及待地拿木薯去煮。出了锅，他又迫不及待地吃起来，被烫得上蹿下跳。

终于，他打了一个饱嗝。

他满意地摸摸肚子，准备再出去溜达，谁知肚子隐隐地疼起来，还有些发昏。

怎么回事？他扶着门槛坐下，看见一个小孩从远处走来。

那是维小将。

维小将看见“弹破天”煞白的脸、拧紧的眉头，忙蹲下去问：“‘弹破天’，你怎么了？”

“不……知道，吃了几个……木薯，就这样了！”

维小将往屋里看去，见到木薯红色的皮散落在地上，像一个大人似的，责怪他说：“你傻呀，这个不能吃！有毒！”

话音未落，维小将就找人去了。没一会儿，几个大人跟着维小将妈妈来了。

“白糖水！去找白糖！”

人们找遍了“弹破天”的屋子，没有找到白糖。维小将像一匹小马，飞奔回家，又立马飞奔回来，手里拿着一包白糖。

喝过糖水的“弹破天”好一些了，盯住维小将手里的糖，咂咂嘴。维小将把糖藏到身后，说：“可别打它的主意！没了它，我少喝一碗粥！”

大家连连摇头，责备“弹破天”，正当壮年，不找点活干，在家里穷得吃红木薯。

“‘弹破天’啊，你要活得像个人样啊！”

维小将朝他撇撇嘴，抱着糖，像一只小马驹一样跑回了家。

二

从此以后，“弹破天”走到哪儿，都有人嘲笑他：三十好几的老人了，还不知道红木薯有毒！

“弹破天”毕竟也是要脸的，有时他也会反驳：“我正当壮年，不是老人！”

不管怎样，人们就是要嘲讽他。

维小将对花阿婆种下的甘蔗格外注意。终于在一个早晨，他看到了那根希望的绿苗。他一路小跑，想去告诉花阿婆。

花阿婆正在院子里挥锄头耕种。她年纪这么大了，竟然还把院子里的地翻了几番。维小将一把抓住锄头，说要帮她。

“嘿，小子，你还挺有劲儿。”

“那当然！”维小将挖了一个大大的坑，心里美滋滋的，这可是第一次有人夸他会干活呢！他的妈妈从来都只说他懒，说文勇兵干活勤快。

这回花阿婆不种花，她要种花生。

“昨天，收废品的人来收鸭毛和废铁。他告诉我，有一个村专门种花生，可赚钱了，一斤花生两块钱！”

维小将还没见过谁种花生呢。他喜欢吃花生，挖得更卖力了。他好像已经嚼到了花生，浑身都是劲儿。

罗文晓呢，他们家还是老样子。他的爷爷奶奶年纪没有花阿婆大，但身体不太好，只饲养了十几只鸭。他们把鸭放进黑水河，一天就喂一次饭。那些鸭个头都不太大，但是羽毛光滑锃亮。

鸭养好了，到了赶集的日子，爷爷就挑着竹笼拿去卖。一年能养两批鸭，这就是他们一家一年的零用钱了。他的爸爸妈妈不怎么寄钱回来，据说，他们家盖了新房，欠了不少债。

维小将一想到这件事，就跟自己的妈妈说：“我宁可不要新房子也不要欠债。欠债心里难受。”

维小将的妈妈一声叹气：“我们也欠债。”

维小将抬起头来，好像一只本来专心捉鱼虾的鸭子忽然听到动静，惊慌地从水中探出脑袋来。

自己家里也欠债？这可是头一回听说。

“你现在大了，也该知道了。”

维小将竖起耳朵，他上课都没有这样认真过。

“知道你爸为啥天天不着家吗？”

维小将说：“为了赚钱啊。”

“说为了还债更准确。你爷爷去世的那一年，得了严重的病。你爸不甘心，带他去医院，转了好几个医院，仍然治不好。那一年，我们借遍了卜花村每一户人家，有十块借十块，有一百借一百，到今年，一共还了五个年头了，才还了一大半。”

维小将感到自己的心像个鸡蛋掉到地上，碎了。他们家，竟然有这段历史？还了五年了？也就是说，那是他六岁时的事。他对爷爷几乎没有印象，只在隐约中，好像曾经真的有一个瘦巴巴的老人出现在自己的家里。那个老人还给了他一个木头做的陀螺，后来那个陀螺被罗文晓抽裂了。

维小将很是受伤。但也就是从那天开始，他变了一个样，干活勤奋了。他的妈妈都感到惊讶，逢人就说自家小将换了一个人。

三

“妈，我们也种花生！”

维小将的话让他妈妈停止了喝粥，用两只大圆眼瞪着小将，问：“什么？花生？”

“对呀，一斤两块钱呢！”

“哪有闲田？”

“家里不是有几亩山地吗？在那里种！”

“傻小子，你这是给老鼠送口粮吗？”

这也不行，那也不行，维小将很受挫。他满腔的抱负好像一个被扎爆的气球，人一下子变得无精打采起来。

“我去找文晓了！”

他拖着大长音，拖着脚步，走了。

罗文晓干劲正高。他说，忠伯伯上次来他家，告诉他只要肯努力，没有富不起来的。于是，他现在很努力地养鸭子。这些鸭子毛茸茸的、黄澄澄的，像一个个毛线球聚在一起，时常有几声高高的“唧唧”声传出来。

他们兄妹三人围在笼子旁，满脸希望。

“要不，你也养鸭子吧！你看，卜花村处处都有吃的，养鸭子饿不死。”

话是这样说，可是自家地方小。后面的那个小瓦房只能养几只鸡。

忠伯伯是在石榴成熟的时候来的。他的神色和以往不同，好像一个获了奖回到家的孩子一样，满脸通红，满脸兴奋。维小将给他摘了最大的石榴，发现忠伯伯脸上的光泽和石榴的光泽是一样的。

哈哈哈！

忠伯伯的笑声很响亮，他掰开石榴，分给大家一起吃。

“这日子要是能过得跟这石榴一样，红通通、亮晶晶，我的任务就完成了。”

嗯，维小将好喜欢像石榴一样的日子。他多希望卜花村变成一个石榴，甘甜、闪亮、红火。

“我们决定了，让卜花村种甘蔗。只有甘蔗才能带动这里的经济。”

“种甘蔗？”

村里的人交头接耳起来。

“对，你们先听我分析。”

忠伯伯语气很真诚，大家都望向他，惊疑的目光慢慢变得信任起来。

“卜花村的邻村大多种甘蔗，虽然也有一些人种花生、橘子、李子，但是根据统计分析，种甘蔗是最划算、最可能赚钱的一种。你们想想看，甘蔗种一年，留根三年，年年有收成。一吨甘蔗几百块，一亩产甘蔗十几吨。来，哪个孩子来算一算，一年一亩甘蔗能赚多少钱？”

维小将在心里算了算，罗文晓也没闲着，就只有罗文鹏和罗美丽在一旁傻笑。

几千块啊！

维小将和罗文晓都抛给对方一个惊讶的目光。只有文勇兵不依不饶：“到底是几百块？多少吨？没有具体的数字，我怎么得出结果呢？”

忠伯伯想了想说：“要是风调雨顺，一亩十吨不少，要是管理不好，缺雨，一亩少说也有六七吨。去年，糖厂收购一吨400元，你说，这赚不赚钱？”

“一亩赚个2400块到4000块。”文勇兵马上得出结果。

维小将却说：“你还没算成本呢！化肥多贵啊！请人砍甘

蔗不花钱？”

“小将想得周到。那么我就认真给你们算一笔账吧。人工加上花费，一亩减掉四百块化肥钱，人工费减掉两百块。而你们种玉米呢，一亩能产多少？最后得个六七百块就不错了。”

大家心里一下子都跟明镜似的。但有人还是担心：“我们种出来了，卖不掉，那怎么办！”

忠伯伯笑了，他还是很有耐心：“放心吧，糖厂还嫌甘蔗不够多呢！你们尽管种，我来帮你们联系糖厂！”

“有老干部这句话，我们就放心了！”

此时，忠伯伯的笑容却收了回去。他眼前只有一些面容憔悴的妇女、一些天真的孩子，还有一些胡子花白的老头和像晒干的枣一样的老婆婆。靠这些人怎么才能将卜花村大变样呢！

困难的事情都在后面呢！

第六章 种下满山希望

一

种甘蔗，必须有大力气。文勇兵对自己非常满意，寒假才刚开始，他就扛着锄头和铁铲走向山地。维小将妈妈见了，一面在心里夸这孩子真懂事，一面对他说：“还早着呢，等大家把甘蔗苗分到村里再动土也不迟。”

文勇兵只能靠自己，爸爸不在家，妈妈身体不方便，他只能蚂蚁搬家一样，一点一点地干。他要提前干，不能等着跟大家一起干。虽然他知道过年爸爸会回家，可爸爸常年在外干活，也够累的了，过年这几天，他该好好休息。

维小将怎能服输呢！他也要扛着锄头和铲子出门。他妈妈见了只是掩嘴笑，惹得维小将气哼哼地走路，从后面看，他好像一只鸭子在踱步。

不远处的山脚上，维小将家有一块长条形的地，与它毗邻的，是一块半圆形的地，那是文勇兵家的，面积大概是维小将家的两倍。此刻，文勇兵正在这块地上挥动胳膊，努力挖坑。

维小将正朝这边走来。他看见山脚下有一个黑色的身影在一上一下地刨土，越看越觉得像文勇兵。

没办法，这里离家最近，维小将不想改变方向，硬着头皮走了过来。文勇兵停下手里的动作，目光跟着维小将移动。终于，维小将忍不住说：“不要用那种怀疑的眼光看我！我可没偷你黄瓜！”

从三年级瞪到四年级，维小将也真是够了。他索性把锄头铲子丢到一边，问：“文勇兵，有你这样的吗？”

“要不是你偷的，你干吗让我掰你家甘蔗？”

“那是因为我走错路，摘错了你家的豆角，甘蔗赔偿的是这个！”

“你就狡辩吧！”

“哼！”

维小将气不打一处来。他四处看看，一块块奇形怪状的石头给了他灵感和勇气。他把石头都搬来，堆砌在两块田的交界处，这就算是传说中的“三八线”了。每加上一块石头，维小将的心里就痛快一些，文勇兵心里就难受一些。文勇兵把这种难受化作力量，一铲一铲地往下挖，不一会儿就汗流浃背了。

维小将早就忘记来这里的目的了，他搬石头搬得满头大汗。文勇兵已经在地上挖出几道长长的坑，它们就像电视剧里演的地道和堡垒，保护住了他那颗敏感的自尊心。

“三八线”像一堵墙，把两块土地彻底分开了。维小将忽然又觉得不痛快了，他觉得很痛苦，用腿一踢，几块石头塌下来。他扛起锄头和铲子回家了。

寒风吹干了他脸上的汗。他只在心里反复地说：“永远和文勇兵绝交！”

他刚走进院子，就看见文勇兵的妈妈吃力地拄着拐杖，他的妈妈扶着她越过门槛，两人有说有笑。

“真是麻烦你了。”

“不打紧，大家都是好姐妹，这个不算什么。”

“哟，小将，干吗回来了？”

文勇兵妈妈看着维小将那张花猫一样的脸，忍不住笑了。

维小将妈妈也认真地盯住他，问：“真的学人家勇兵去挖坑了？”

维小将不说话，一听见这个就来气。文勇兵妈妈说：“我家那孩子就是死心眼，都跟他说了，等他爸回来了，等下了雨，土地没那么硬了再去，省点力气，他偏不。”

维小将快要哭了。他气呼呼地说：“是呀，他就是个死心眼！”

这话让两位妈妈愣住了，她们呆呆地看着维小将气呼呼地进了家门。

二

罗美丽正在穿草珠子。也不知道她什么时候去哪里采的，一粒粒乌黑的草珠子，像豆子似的，经她的手一穿就变成一条条长珍珠链子。她说，要过年了，要给自己的床挂满这样的草珠子。别的女孩呢，也早做好了准备。她们平时就特别留意路上有没有别人扔的糖纸。她们把糖纸收集起来，然后折成蝴蝶结的形状，用针线穿起来，也挂在床边上。

或许，每个女孩都有她们的梦想吧。

维小将的爸爸回来了，给他带回两件新衣服。维小将穿着新衣，风风光光走在路上，真是冤家路窄，不承想，竟然遇到了文勇兵。奇怪的是，文勇兵竟然穿着一件跟他一模一样的新衣服！文勇兵瞪大眼，也感到不可思议。

“你！”维小将指着他。

“你怎么也……”文勇兵也指着他。

“哼！”维小将气恼地脱下衣服，“我不跟小心眼的人穿一样的衣服！”

文勇兵呆呆地看着他气呼呼地走了。

“爸！我喜欢这件衣服！”维小将指着爸爸买的另一件衣服说。他急忙换上，又出去了。来到罗文晓家，他看见罗美丽已经把草珠子挂了一床，便开玩笑说:“你这是皇后的卧室啊？”

“才不是，是公主！”

维小将这时才注意到，罗文晓还是穿着那身破旧的衣服，便问：“你爸妈什么时候回来？”

罗文晓摇摇头。

“你会有新衣服吗？”

罗美丽嘶嘴说：“没有，没有！哪一年都没有！”

罗美丽都快哭了，罗文鹏则一脸无所谓，反正他都是穿哥哥剩下的。维小将心里很难受，说：“你们家种甘蔗吧，到时候挣了钱，一人买两身新衣！”

罗文晓的脸黑了，他想，他的父母是不可能留下来种甘蔗的。他们在广东厂里据说一个月能存五千块。

维小将从罗文晓家里出来，走过榕树爷爷下面，“弹破天”正在跟一些早回村的人吹牛。

“我要是出去，哪像你们，混成这样？我出去，最起码都是个组长，专门管你们的！”

“‘弹破天’，光说不干没用，不然我们打赌，年后你跟我们下广东，你要是能当组长，我给你一千块！”

这一千块的确有诱惑力，“弹破天”差点就答应了。维小将像只大鹅一样，扑沓扑沓地走过来，“弹破天”赶紧转移话题。

“喂，小将，你的新衣挺酷的嘛！”

其实这新衣也不酷，是城里常见的童装，只是卜花村的人没见过，就觉得新鲜。走过榕树爷爷，维小将想去看花阿婆。花阿婆可没闲着，她正在那块本来种玉米的地里干活。

“我来帮你吧！”

“哎哟，穿新衣服了，不要弄脏了。”

维小将二话不说，就抢过锄头开始刨地。

“再深一点，坑不深，甘蔗扎根浅，风来了就倒。”

“花阿婆，你为什么也要种甘蔗？”

“这是大忠吩咐的，他说，要在自家的土地种上甘蔗，给大家带个头。”

还没挖出一道小沟似的坑来，维小将已经累得眼冒金星。想一想那天，文勇兵挖坑怎么挖都不累，他又不服气，强忍着继续挖。没想到，刚才还像火星子在眼前游动的东西不见了，自己头不晕、眼不花了。

原来干活也要有个适应的过程。

干了好长时间，花阿婆端来一碗茶和几块米糖。米糖是用红糖和糯米做的，吃起来脆脆甜甜的。维小将吃得很满足，再喝上一碗凉茶，简直赛过神仙。临走的时候，维小将还说明天再来帮忙。

走回去，又是冤家路窄，他又和文勇兵遇上了。四目相对，两人的眼珠子都要瞪出来了。维小将刚换了一件新衣再出来，怎么还和文勇兵撞衫了？

原来刚才撞衫，文勇兵也很不高兴，于是也赶回去换了另外一件新衣。他们俩并不知道，他们的爸爸在一起做工，一起去店里买衣服，店员说，如果一个款式买两件的话可以打折，于是两个爸爸为了打折，才造成了他们今天两次撞衫的尴尬。

三

今年的年过得和去年没有啥区别。维小将的妈妈还是喜欢在大年初一滚汤圆。文勇兵妈妈拎过来两个粽子，看见她在做汤圆，说道："过两天，大伙都去田里开坑，不做粽子肚子饿怎么办？"

维小将妈妈面露难色，文勇兵妈妈连忙吐吐口水，说自己说错话了，大过年的大家应该喜气洋洋才是。

"我也想做粽子，可是粽子花钱多，我没舍得。"

维小将见有两个大粽子挂在钩上，得知是文勇兵家的，顿时没了胃口。可他还是忍不住多看了几眼，尤其好奇里面是什么馅料。哎，甭管它什么馅子，就文勇兵家那家徒四壁的条件，能把什么好东西塞进粽子里去？

带着这种吃不到葡萄就说葡萄酸的精神胜利心理，维小将哼着歌儿，轻快地走在路上。榕树爷爷下，"弹破天"又开始了演讲。维小将没有逗留，他想去看看罗文晓的年过得好不好。

此时，罗文晓三兄妹正在努力拔鸭毛。这只鸭看起来正处于生长的高峰期，它的小细毛，倒刺一样，爬满了身子。兄妹三人的头挤在一起，你一根我一根地拔，拔得腰酸背痛。最后，罗文鹏说："我不拔了，不吃了！"

罗文鹏起身的时候，脚都站不稳，幸好有维小将扶住他。

“怎么不抓一只大的杀？”

不问还好，一问兄妹三人就委屈巴巴的。今天为了一只鸭，家里都闹开了。他们三人，一天天看着鸭长大的，早就对那只霸王青头鸭垂涎三尺了。但是一家之主的爸爸却极力反对，因为那只青头鸭可以多卖钱。最后，他们只能选了这只最小、毛色最不亮的灰麻鸭。一家之主呢，只管杀，不管拔毛，这份苦差事自然就落到了他们三人头上。

维小将家的晚饭倒还可以，爸爸很大方地从鸡窝里抓出一只大公鸡。当他从罗文晓家里回来时，鸡已经下锅，屋子里满是肉的清香，馋得他赶紧帮忙拿碗筷。就在一家三口准备上桌吃饭时，门口被一个影子堵住了。

“真香！”这是“弹破天”的声音。

三人抬头，看见“弹破天”瘦得跟老鼠嘴一样尖的下巴。爸爸抹不开面子，让“弹破天”坐下吃饭。“弹破天”自然不客气，每次过年，他都挨家挨户蹭饭，反正这也不是第一次来。

“吃了我家的饭，就得帮忙干活。”维小将说。

“弹破天”嘻嘻笑着，说：“行，不过，你得把鸡腿让给我！”

“你想得美，我一年才能吃一次呢！”

维小将把两个鸡腿夹进自己碗里，像只护食的小狗。

四

春雨沙沙地下着，山里的土都润起来了。一大早就有几辆大货车开进了卜花村。所有人都聚了过来。车上载满了一节节甘蔗。大伙都知道，这就是甘蔗苗了。一些没见过世面的孩子偷偷爬上车拔出几根，想咬却怎么也咬不动。

“这不是吃的，是拿来种的！”维小将指着甘蔗节处，那里有一个花骨朵一样的东西，硬硬的，顶处尖尖的。那些嘴馋的孩子用嘴给它咬下来，罗文晓“哎呀”一声，告诉他们：“这就是甘蔗冒芽的苗啊！你咬掉了，这根甘蔗就长不出来了！”

自此，懂事的和不懂事的孩子，谁都不敢再碰那硬硬的甘蔗芽了。“弹破天”也来看热闹，维小将一把逮住他，说：“帮我家扛点甘蔗苗去地里。”

“弹破天”一干活就四肢发软，头晕目眩，还能立马装出一副大病的样子，脸煞白煞白的，好像随时都要晕倒一样。维小将没好气地朝他努了努嘴，抱起一捆甘蔗苗往家里跑。

有的人推来三轮车，有的人牵来马和牛，都往田里运甘蔗苗。罗文晓的爸妈果然不愿跟大溜，自家的田因为老人年纪大也干不动了，于是把田都租给了维小将家。如此一来，维小将家就得种十四亩甘蔗。维小将把曾经算过的账再套下来，嘿嘿笑着。

“爸，到了年底，我们得发大财了！”

"家里这么多甘蔗，我决定不出去打零工了，专门伺候这些田地！"

一家人团聚，维小将心里满是力气。干活的时候，他再也不像那根煮熟的面条，软塌塌的了，而是爸爸的好帮手。爸爸力气大，一刨，用力拉着锄头往身右侧一走，地上就出现一条大长坑。维小将腋下抱着几根甘蔗，守在爸爸身边，爸爸挖好了坑，他就将一根甘蔗段摆好，然后撒点猪粪，盖好土。

卜花村的田地里满是干活的人。山上处处是挖土的吆喝声。有些人的锄头松了，便噔噔地敲着石头，锄头又紧上了。

第七章 挑呀挑好肥

一

种下的甘蔗好像睡着了一样，好几天没有一点变化。盖在上面的泥土，由新鲜湿润变得陈旧，好像一个沧桑的守候者。维小将当然也是一个焦急的守候者。

今年的春雨挺勤快，这一拨刚停，下一拨就已经在半路了。小将爸爸趁着雨天，自己在家放松放松，这会儿正躺在竹椅上，面色好像润过雨的红花，红扑扑的。

“哎呀，都说春雨贵如油，我说，春雨暖如被！这哪是给甘蔗浇水，分明就是给甘蔗盖层被子。这么暖，甘蔗不发芽才怪！”

说着，他摇着竹椅，哼起一种欢快的调子。

维小将不喜欢雨天上学，要是穿着拖鞋，没走多远，泥巴就爬满了鞋子，搞得鞋尖滑溜溜的。他要是不小心，走一步，脚丫就会像一条鱼一样蹿出去，狠狠地卡在鞋洞里。这个时候，他就得像拔萝卜一样，把鞋子拔出来。有些人，下雨天不穿鞋子，打赤脚，走着走着，就穿上了一双泥土变成的鞋子。一进学校，老师准会让他去水井那里把脚洗干净才能进教室。不管怎样都麻烦。

维小将可不想麻烦。

他一进门，就听见爸爸“嗯嗯”的声音，便悄悄地靠近竹椅，伸出两只手，捂住了爸爸的眼睛。欢快的调子戛然而止，取而代之的是一声大叫：“谁！”

爸爸的力气很大，不管维小将怎么使劲往下压，都无济于事。僵持了一会儿，维小将的双手就被爸爸那只大手高高举起来了。

“哈哈哈！”一直忍着的维小将终于大笑出来。

“哈哈哈！”爸爸也大笑起来，一把扯过小将，在他的额头上弹了几下，“真调皮！”

“爸，你的力气可真大！”

“当然啦！我这双手是用来干活的嘛！你瞧瞧！”

爸爸在他面前晃了晃拳头，在维小将的眼中，这个拳头好像一把大锤子，一砸，一块石头立马就碎成几块。

文勇兵的爸爸种完了甘蔗后就自己进城找零工了。维小将的爸爸一见文勇兵的妈妈就说：“哎，这老哥也真能吃苦。我们在城里，大白天没活，我们又不想回工地，就直接在大街上打地铺睡了。这次我没去，估计他晚上还会随便找个地方打地铺。你说，在家把甘蔗种好，虽然活也不轻松，但至少晚上睡个安宁，等到年底有个好收成不就够了嘛！”

文勇兵把这话听到心里去了，觉得很难过，便更卖力地干活。

其实，维小将还是很同情文勇兵的，虽然文勇兵老是用那种眼神看他。一到周末，文勇兵就扛着锄头去甘蔗地锄草。那些草，在春雨的拍打下，渐渐吐出新绿来，近看，一点一点，远看，绿蒙蒙的，好像大地的新衣裳。文勇兵可不能让这些草跟甘蔗抢养分，不等它们长出个像样的叶子来，就一锄子把它们干掉了。维小将去菜地摘菜，看见文勇兵家的菜地，有一半都种上了甘蔗，文勇兵正在那里锄草。

“等草大一些再锄掉，可以当肥料。”

维小将还是忍不住提醒他。文勇兵不接受他的好心，白了他一眼，没说话。

维小将伸伸舌头，自讨没趣地抱着一棵大白菜回家了。文勇兵抬头，目送着维小将。

这个时候，他忽然觉得维小将好像也没那么讨厌了。

二

天放晴了，阳光很暖，风儿很轻。维小将爸爸的笑脸好像金葵花一样灿烂，原来，他在巡田的时候，看见一束束甘蔗苗好像大地的触角一样，已扑棱棱地冒出来了。

生活好像也随着这些绿色的苗儿，一日比一日丰盛起来。晚饭，维小将的妈妈端出一锅骨头。这是大龙骨汤，里面放着八角、生姜和大葱，整个屋子都被这种香气包裹着。

维小将放学回来，一脚踏进院子就皱了皱鼻子。他简直不敢相信，会从家里飘出来这么浓的肉香味。

这是过年才有的香味。

他们刚动筷子，香味就引来了一位常客——“弹破天”。

“弹破天”嬉皮笑脸，毫不客气，一来就坐下。维小将的爸爸非常大方，叫维小将拿来碗筷。

“‘弹破天’，不是我说你，你也该为自己打算打算了。”

吃到一半的时候，维小将的爸爸还是说了劝告的话。“弹破天”大快朵颐，吃得稀里哗啦。维小将没有胃口了，他跑出来，想去找罗文晓玩，大老远的，就听见兄妹三人的笑声。

他们一家吃的是红薯粥。

“我也想种甘蔗。”罗文晓说，一脸不快乐。维小将笑了，拍拍他的肩膀，说：“你要是喜欢的话，过了年，甘蔗成熟了，我请你吃！”

罗文晓低下头，维小将这时才明白，他想表达什么意思，于是安慰道：“你爸妈出去打工几年，等你家的债还清了以后，自然就喜欢待在老家了。”

说到后面的时候，他自己都心虚了。他家也欠债，可是自己的爸爸却选择留在了卜花村。罗文晓的爷爷在剧烈地咳嗽，他奶奶在一边叫苦："这都三天了，一天比一天严重。"

这一家子的人都沉默了。维小将感到无趣，又返回家，路上遇见了文勇兵。他在挑一担粪水，走起来稳稳当当的，粪水一点都没有从桶里溅出来。见他这样，维小将莫名感到心疼。

两个孩子迎面相见，都抬眼看了对方一下。

次日，维小将的爸爸也行动起来了。他擦了擦扁担，又压了压，点点头，笑了起来。

"这么久不用，没想到它还这样坚韧！"

这根扁担可是他的老朋友了。他像维小将这样大的时候，这根扁担就跟着他了，寒来暑往，风里雨里，都快二十年了。维小将却不怎么看好它，觉得它准会坏事。万一挑着挑着，它忽然断了，那可就麻烦了。

维小将的妈妈拿出一根新的扁担，他爸爸没接受，转着扁担，勾起两个铁桶，朝粪池走去。维小将的妈妈只好也跟上。

"小将，带上两个大勺子！"

小将妈妈已经挑起一担粪水，她走得四平八稳。小将爸爸一走起来，维小将的心也跟着提起来，仿佛他的心跳都在那根扁担上了。它的两头是笨重的铁桶，里面是满满的粪水。维小将的爸爸每走一步，它的两头就像蝴蝶的翅膀一上一下的，还发出吱吱的声响。

维小将扛着两个大勺子走在后面，目光一刻也没离开过在爸爸左右一跳一跳的扁担。

吱吱——

吱吱吱——

声音一直都是按照这个节奏打拍子，好像一首民歌循环播放。维小将的注意力都在这首民歌里了。

吱——

咦！

啊！

民歌终止了。两个一跳一跳的铁桶安全落地了。维小将心里的石头也放下了。

他用勺子一舀，将粪水泼洒向甘蔗苗。

“怎么只带了两个勺子？”

“妈妈……”

不等维小将解释完，爸爸就抢过他手中的勺子，说：“三个人，你带两个，这不是想着法子偷懒？”

“我没有！”维小将气得满脸通红，抢过爸爸手里的勺子，开始泼粪水。爸爸只好站在一边观看。

这时，妈妈才说：“家里就只有这两个，你常年不在家，多做一个用不着！”

爸爸不说话了，只看维小将泼粪。他的目光变得柔和起来。他们用的勺子其实不算是真正意义上的勺子，那是不用的塑料瓶截掉上半部分，打穿两个洞，再插进一根木头做成的。维小将妈妈表示，晚上回去找一个塑料瓶再做一个就是了。

三

用维小将爸爸的话说，粪水就是甘蔗最好的肥料。这是卜花村的人们最朴实的节约钱的方法。化肥一袋要一百，他们多挑几担肥，就能省下不少钱。

维小将没有找到塑料瓶。他去问罗文晓，罗文晓家也没有。问“弹破天”，问花阿婆，也没问到。这下可怎么办？

他垂头丧气地又挨家挨户问。走到文勇兵家门口时，出神的他差点就进去了，还好反应快，及时收回了脚。他撇撇嘴，长吁一口气，感到很庆幸。谁知走了没几步，他就被文勇兵叫住了。他一回头，见文勇兵手里拿着一个很大的塑料瓶。

“给你！”文勇兵表现出了他的诚意。

维小将受宠若惊，一时没反应过来。

“给你！”文勇兵强塞给他，“你问邻居时我都听见了，这是我爸爸上次从城里捡回来的。我家里还有几个。”

维小将终于咧嘴笑了，文勇兵拍拍他的肩膀，也笑了。

“我真没偷你黄瓜。”维小将说。

“一个瓜而已，不要再提了！否则，以后我就叫你阿瓜！”

哈哈哈！

两个孩子都笑了。

有些人家用三轮推车运粪水，还有的用马驮。挑了几天后，小将妈妈投降了。她把扁担扔到一边，铁桶也丢在一旁，痛苦地揉着自己的肩。小将爸爸笑眯眯地说："你们女人就是这样，还是男子汉能顶天立地啊！来，小将，把扁担拾起来！"

小将早就想跟爸爸挑粪水了，但碍于家里没有多余的铁桶和扁担，他一直未开口。他见文勇兵挑得那么有模有样，自己已经等不及了。第一次挑，爸爸把每个桶只装了半满，小将毫不费劲就挑起来了，可走得有点急，桶里的粪水溅出来，地上留下两串黑色珠帘。

"小将，不是这样走的，慢一点，稳一点！"

"你不知道满桶不摇半桶摇吗？"这回轮到他妈妈扛着勺子了，听见小将爸爸在教育小将，忍不住为小将打抱不平。

维小将放慢步子，双手扶着扁担，颠了颠，沉稳地走起来。两个铁桶也变乖了，静静地悬挂在扁担两头。

另一条小路上，文勇兵也挑着粪水走进甘蔗地。小将妈妈说："哎，这孩子顶两个大人了，他爸爸可真忍心！"

文勇兵挑的粪水是满桶的，这一点维小将是清楚的。他在看不远处的文勇兵时，踩到路上的一块碎石，脚底一滑，差一点摔倒。他虽然努力掌控平衡，肥水还是迸出来不少。妈妈又一顿说教。

走着走着，维小将忽然觉得粪水变多了。不然，怎么越走越重？他旋转扁担，将担子从右肩移到了左肩。可没走多久，左肩也不堪重负了。他又将担子移到脖子后面，走了没几步，又受不了了。小将妈妈忍痛过来帮忙，他拒绝了。小将又走了几步，终于放下了担子。

“我要休息一下！”

小将妈妈忍着笑，扛着几个勺子，轻飘飘地从他身边过去了。小将爸爸也带着那首吱吱的民歌从他身边过去了。

不远处的田埂上，文勇兵一个人在给甘蔗浇粪。从低处往高处看，维小将这才发现甘蔗已经有两拃高了。它们绿得那么嫩，绿得那么可爱，维小将的嘴角不禁弯起来，好像一枚清亮的新月。

第八章　日子节节高

一

吃了好肥料的甘蔗没有辜负大家的期望，努力地伸出一节节手指长的身体来。以前，维小将只觉得甘蔗苗柔柔弱弱的，要是大风一吹便会折断，每天总是让人担惊受怕。现在，甘蔗节好像一根小棍子，那么刚硬结实，维小将心里也踏实多了。

用不了多久，卜花村就会淹没在一片绿色的海洋中。

突然，夏天到了。卜花村的夏天就是这样，在你毫无准备的情况下，“当”的一声，就降临到你身边。昨天的棉衣、秋衣都要从你身上脱下来，只穿一件小衬衣。

田里的甘蔗都比维小将的腿高了。此时的卜花村好像一幅油画那么美。

放学回到家，维小将的耳边总是缭绕着爸爸的歌声。哎，这样可怎么写作业？他有点怀念爸爸不在家的日子了。

“爸，你早唱晚唱，还让不让人活了！”

“嘿！小子，你不知道，生活就应该像一首歌！你知道我们广西人为啥爱唱歌吗？因为越唱日子越红火！”

维小将只好捂住耳朵。

“啊——咧——”

爸爸哼着歌儿出了门。

屋里总算安静了。维小将开始写作业，正被一个应用题难住，院子里传来吵闹声，嘻嘻哈哈的。不用出去看，维小将也知道是罗文晓兄妹来了。

“小将！”

他们三人的声音像一个大音响，爆炸在院子里。小将只能出来。

“干啥？”

“走！去抓小鱼！”

维小将这才发现他们提着一个簸箕。每年的清明前后，河里会有一些小鱼聚集，他们都用簸箕去抓鱼。

就这样，四个孩子沿着小路去河边。

路的两边都是甘蔗。密密麻麻的叶子，好像一把把锯子，横七竖八地伸到路中央。罗文鹏穿着短裤，被割得嗷嗷叫。

卜花村能种甘蔗的地方都被人们种上了，从山脚一直绵延到黑水河边，甚至是院子的犄角旮旯里，都被人们种上一两棵。

到了河边，罗文鹏悄悄地举着簸箕，对准一处长满草的水域，猛地扣下簸箕，提起来，果然有几个小鱼虾在簸箕里跳跃。

罗文鹏开心极了，对准另外一个地方，又来一下，这次他逮到一条两指长的罗非鱼。

“哇！”

几个孩子激动得蹦蹦跳跳，那只受惊的罗非鱼也在簸箕里蹦蹦跳跳。罗美丽最先冷静下来，一把抓住它，放进瓶子里。

“我也来试试看！”维小将拿过簸箕，学着罗文鹏的样子，唰的一下，将簸箕砸进了水里。他着急忙慌地提上来，一簸箕的水慢慢往下渗。水越来越少，他们的目光都定在簸箕里。水漏光了，里面只有几条水草，亮晶晶的，好像泥鳅弯曲在里头。

哈哈哈！

他们都笑趴了。维小将也觉得好笑，笑得差一点把簸箕扔到河里去。

临近夏天的风，带着它一如既往的活泼个性，从甘蔗林里一寸寸爬过来。最后，爬过孩子们的脸上、身上，将他们的笑声带走了。那些在甘蔗林里拔草施肥的人，听到他们的笑声，再看看已经节节高的甘蔗，脸上也不自觉地露出笑容。

二

清明是雨的季节，也是杂草丛生的季节。雨，哩哩啦啦的，下了几天几夜后，天一下子就放晴了。甘蔗仿佛眨眼之间，就噌一下冒高了许多。与它们一同生长的，是紧贴着大地爬行的野草。

小将的爸爸早出晚归，天天扛着锄头，身子一天天瘦下去。文勇兵的爸爸偶尔回乡，也帮文勇兵锄草。

人们越来越累，甘蔗却越来越生机勃勃，好像人的精气神都跑到甘蔗林里了。

文勇兵更像一头水牛了。他要是和水牛站在一起，得仔细点看才能分清。他全身黑魆魆的，维小将看了更心疼了。

那天大家一起上学，维小将叫住他："文勇兵，你下次锄草能不能把自己裹严实点？"

文勇兵回过头，盯住他的脸，扑哧一下笑出来。

"你说我黑，我看你也差不多嘛！"

维小将不服气，伸出手臂，和他比了比。文勇兵的手臂像一根烤熟的猪血肠，他的呢，也好不到哪里去，像一块烟熏的腊肉。

哈哈哈！

他们都笑了。

他们的黑，不是多穿衣服就能避免的。热烈的阳光能穿透一切遮挡的东西，泼泼洒洒地烘烤着他们的全身。

后院的石榴树上，冒出一朵朵鲜红的花。就这样，炎热的夏天开始了。此刻，正是甘蔗拔节生长的高峰期。小将爸爸说："冬天的收成就靠这个季节了！"

那么这个季节，他们该做什么呢？当然是给甘蔗补充营养了。维小将连连叫苦。

“天啊，又要挑肥了！”

他摸摸自己的肩膀，不久前挑粪水磨出的茧子才刚褪掉呢，这回又得长出新的了。他的爸爸见他这副模样，掩嘴偷笑。其实，他心里早就有了主意：家里的粪肥根本不够用，这次，他要买化肥。其他人也是这样想的。没几天，就有人开车把化肥送到了。

小将爸爸买了十袋化肥，先赊的账，其他人也都赊着账。给甘蔗施化肥跟水稻可不同，不光是撒一撒就行了。维小将也知道，旱地施肥要先挖坑，然后撒肥，最后再填土，好几道工序呢！

他们一家人又开始了明确的分工，爸爸和妈妈负责挖坑，维小将负责撒化肥，再埋上土。撒化肥也不容易，要一只手提着装满化肥的桶，另一只手拿着一个碗，舀点化肥，倒进坑里，再用脚一扫，把土填上。半天下来，维小将的胳膊又酸又疼，腿也累得发抖，站都站不稳。

他瘫坐在田埂上，开始怀念挑粪水的日子。

“哎，还是长几个茧子比较轻松！”

正在想的时候，风呼呼吹来，甘蔗叶像一把大刀斜切过他的脸庞。他吃了一惊，摸了摸，哎呀，痒痒的，还有些疼。渐渐的，他发觉那种痒痒的疼从脸上转移到了手臂、手背和腿上。

原来，撒化肥时他要穿过密密麻麻的甘蔗林，身上裸露的地方都被甘蔗叶割伤了。

种甘蔗真不容易啊!

一条绿幽幽的大虫子不知道从哪里爬了出来,一点不怕人。维小将觉得它应该没长眼睛，不然怎么爬到了他的脚背上，把他的脚当成了道路呢？他扯断一株草，拨弄着大虫子。大虫子傻乎乎的，只会装死。见它一动不动的样子，维小将只好一挑，将它挑飞出去。

“哈哈！”

那只虫子被挑到一节很粗壮的甘蔗上，像个球一样反弹回来。它仍装着一动不动，傻傻的。维小将忍不住大笑起来。

“小将，干啥呢！接着撒化肥！”

妈妈严厉的声音就像是军令，他不得不起身继续干活。

三

上学的每个早晨，维小将都起得很早。但起得比他早的，永远是妈妈。此时，妈妈熬的那锅粥已经滚起来了。

天早就大亮了，夏天的早晨总是来得很早，晚上却来得很晚。它是维小将最喜欢的季节。

早晨刷牙洗脸都是一件享受的事。维小将挤出牙膏，一股清新的薄荷味顿时弥漫开来,他刷了几下,忽见一个身影闪进来。

又是“弹破天”！

不等维小将开口，“弹破天”就笑呵呵地上前说：“来，借一点牙膏，黄豆大的就行！”

趁着维小将发愣的时候，他一把将牙膏抓过来，一挤，一条长长的牙膏像蜗牛一样伸出脑袋来。“弹破天”熟练地用牙刷顺过去，牙膏都到上面去了。

他将牙膏丢给维小将，嘿嘿笑着，当着他的面刷起牙来，还用他们家的水瓢子舀水清洗。

“‘弹破天’，你这样下去不行啊，蹭饭不说，现在连牙膏都来蹭了！”

小将妈妈一出来，就没好气地说。维小将擦掉嘴角上的水，背上书包上学去了。他妈妈又说教似的，嘴动个不停。

“有手有脚的，怎么长懒根？你也不睁眼瞧瞧，卜花村哪个青年像你这样！算年纪，你比我还大！我儿子都快十一岁了！你看看你，要啥没啥，那两条腿就知道从这里走到那里。干活又不会累死，还能赚点钱！哎，我说你连地里的甘蔗都不如呢，它们每天都努力生长，你每天不是东家蹭，就是西家蹭！”

当然，“弹破天”并没有听她说完。

“你说破嘴也没用！”

维小将的爸爸也起床了。吃过早饭，他要去甘蔗田干活。上次给甘蔗施了化肥，老天再给甘蔗淋一场雨后，甘蔗变得又高又壮了。裹在甘蔗上的叶子也渐渐枯萎，它们像一根根麻绳，死死捆住了甘蔗长长的身体。据说，把这些枯败的叶子扯下来，甘蔗会长得更大更高。小将爸爸不会偷懒，天天都去甘蔗林剥叶子。

一到周末，维小将就不能闲着。他也要去干剥叶子的活。维小将跟在爸妈身后来到一块甘蔗田，绿的叶子，黄的叶子，还有干枯成褐色的叶子交杂错乱，重重叠叠的。他一看，心里就发毛。爸爸给了他一副手套。他瞪大眼：“什么？大热天还戴这玩意！”

“那你不戴试试！”

爸爸妈妈已经在剥叶子了，呲呲啦啦的声音叫醒了这片甘蔗田。它们都迎着风，舞动起来。维小将真的没戴手套，他小心翼翼地揪住一条长叶子，用力一扯，终于扯下来了，但自己的手也火辣辣的。他不信邪，又扯了一根，这次把他手上的皮都磨破了。甘蔗叶可真不好惹，枯萎了还锋利得像一把刀。

维小将服软了，赶紧戴上手套。眼看爸爸妈妈已经把左右两行的甘蔗剥得光溜溜的，而自己还在原地踏步时，他咬咬牙，双手好像变成了镰刀，一甩过去好几条长叶子落地。他非常满意，开始更卖力地干。

不知不觉间，太阳已经升到了天空的中间。茂盛的甘蔗好像丢了影子一样，一点阴凉也没有了。维小将满头大汗，才擦了不久，再一摸，又是满头大汗。他跑到路边，抱起水壶，咕咚咕咚地喝个痛快。

“小将，你要受不了就先回家，我和你妈接着剥。你只要把午饭送来就行了。”

维小将一阵暗喜，但看见妈妈通红的脸颊上，汗像小溪似的不停地流，他又摇摇头。他的双臂有些酸胀，但不投降，继续用力一拉一扯，叶子就掉了。他蹲下身子，把剥下来的叶子卷成团，盖在甘蔗脚下。汗滴到土上，没一会儿就干了。爸爸见他喘大气，面色通红，又催他回去做饭。

“你想饿死我们啊！”

爸爸的抱怨使得维小将停下了手里的活。这时，他妈妈也发话了：“快去，厨房里还剩半个冬瓜。”

维小将只好从甘蔗田里钻出来，没想到，剥了叶子的甘蔗这样英俊，它们挺拔高大，像一排排英勇的战士。

走到小路上，他又忍不住回头。一排排甘蔗露出了浅黄色的身躯，一节一节的，整齐得很。他的嘴角露出淡淡的笑，这些甜甜的甘蔗，是他们一家的希望，也是卜花村的希望啊！

第九章 一车一车运起来

一

忠伯伯又来了。那是一个秋高气爽的日子，和他一起来的，还有几位干部。他们是来看甘蔗的。

眨眼间，甘蔗已经成熟了，一根根，一排排，一片片，又粗又高，由于剥了叶子，阳光照射，青绿的躯干已经透出一种甘甜的猪肝色来。忠伯伯贪婪地呼吸着甘蔗田里特有的甘蔗香味，他说："小的时候，我只觉得卜花村有一种泥土味，现在不同了，这泥土里有一股糖味！"

"这是您的功劳啊，让老百姓过上蜜糖一样的生活，也是我们所有党员的心愿啊！"其中一个干部说。

就在这时，他们听到一声"哒"，这只怕是有人折断甘蔗的声音。大家狐疑走上前，果然看见一个瘦干的影子在那吃力地啃甘蔗，嘴里还呸呸地吐着渣渣。

"我说是谁呢！'弹破天'，这是你的甘蔗地？"忠伯伯问。

“弹破天”嘿嘿一笑，好不容易咬下一口甘蔗皮，他似乎突然想起心疼自己的牙齿来，摸了摸嘴，还是带着笑意说：“我就是想尝尝。”

卜花村的甘蔗田几乎都被“弹破天”尝过了，以前跟他一起疯玩的几个懒汉，有的也种起了甘蔗，有的出去打工，把地租给了人家。只有他一个人，无所事事地东逛西逛，见到合眼缘的甘蔗就掰下来，吃几口。自然，这样硬的甘蔗本来就不是直接吃的，它是用来榨糖的，所以每次他也只咬个两三节，一根甘蔗就这样被他糟蹋了。

忠伯伯连连摇头，以一个长辈的身份告诫他：“这样下去有你后悔的，你得听老人的话，要么去打工，要么老老实实种甘蔗。种甘蔗也不是那么辛苦，比打工强，不用背井离乡，有时累了还能休息几天，甘蔗也能自己长。这么好的活儿你都不干，难道一辈子在卜花村当叫花子，这家讨一顿饭，那家讨一顿饭？”

“弹破天”忽然变得要面子了，被忠伯伯说得面红耳赤。他应该是被激怒了，一双一向无神的眼睛瞪得圆鼓鼓的。他狠狠咬了一口甘蔗，甘蔗只是瘪了下去，根本没被咬断。他一撒气，将甘蔗狠狠一扔，不要了。但他没走，只见他窝下身子，手抱着脸，最后一屁股坐在田埂上。

“‘弹破天’啊，你看看你，正当年纪，应该好好打拼，这样等你老了，也不会徒伤悲！我说这些重话，还不是为了让你振作起来！”

“我……我怎么振作啊！一干活，我就头晕，手抖。我是怕啊！”

“弹破天”揉了揉脸。他揉得那么用力，好像那是一块抹布。

忠伯伯陷入了沉思。他明白，要让卜花村发生变化，只种甘蔗是不够的，对像“弹破天”这样的人，得先把他的“志”扶起来。扶一个人的“志”比登天还难呢！

有沙沙的响声传来，大家往前一望，看见一团用甘蔗叶滚成的球朝他们滚来。再细看，才看清是一个人扛着一捆成团的甘蔗叶。走近了，忠伯伯认出这个人是文勇兵。文勇兵一直低头走路，视线里忽然出现了几只脚，目光顺着几只脚往上看，他看见了忠伯伯。

“勇兵，背这个回家干什么？”

“烧柴火啊！还有，我家养了一头牛，它吃这个。”

“真能干，小朋友，多大了？”一个戴着眼镜的中年干部问道。文勇兵抬头看他，感到一股温暖，连忙回话：“十一岁了。这些活不算什么，我天天干。”

文勇兵走了。几个干部看着他的背影，连连夸赞，再由文勇兵身上说到“弹破天”。最后，忠伯伯想出一个办法：让“弹破天”去学开车，等收甘蔗的时候，他可以帮上忙。

二

不要以为秋天就是丰收的季节。对甘蔗来说，秋和春夏一样，也是生长的好时节。只不过，这个时候它好像懂得了人们的期盼，一天比一天甜起来。

维小将去剥甘蔗叶的时候，砍了一棵回来，拿去送给罗文晓他们。他们啃了半天，才把坚硬的甘蔗皮咬开。维小将摇摇头，拿来菜刀，把皮削掉了。大家看着淡黄色的甘蔗肉，咽咽口水，狠命一咬。

哎呀！

几个人同时发出叫声。

哈哈哈！

维小将却笑起来。这种甘蔗，就算是把皮削了，也不好咬，它的身躯好像是石头做的，特别坚硬，好不容易咬下一口，嚼起来也不是那么容易，就算你有一口好牙，吃完三四节这样的甘蔗，牙齿也会很累。

果然，刚开始还嫌维小将带少了的三人吃完手里的甘蔗后，都摇摇头说："以后不要拿来了！甜是甜，但是太难咬了！"

维小将突发奇想：如果有一个什么东西能把甘蔗汁压出来就好了。他回去问爸爸，爸爸告诉他："我在城里见过，一个压榨机，不过压的可不是这种甘蔗，是黑甘蔗。把甘蔗放进一个口子搅拌，然后汁水就从下面的管子流出来了。一杯甘蔗汁这么大，六块钱一杯！”

爸爸的话说得维小将的眼里都闪烁着星火。他现在多需要一个这样的压榨机啊！

忠伯伯真的安排“弹破天”去学车了。他的学习能力并不差，打牌也是八赢两输，没多久，就掌握了开车的要领。一回到卜花村，他就开始吹牛。

“嚯！那么大的车！能装一百头猪！我都能开！”

“‘弹破天’，你会开有用吗？你有车吗？哈哈！”一些曾经老跟他打牌的懒汉如今已经变成了结实的庄稼汉，他们见“弹破天”还和以前一样闲逛，就开始挖苦他。

“忠叔会给我安排！”“弹破天”一脸自信。

一提到忠伯伯，这些人都不敢质疑了。或许，“弹破天”从此真的要走上自食其力的道路？

见他们不发言，“弹破天”更是洋洋自得。忠叔跟他说过，等他学会了开车，就给他找一份干起来头不晕、手不抖的工作。他现在满是期待呢！

这天早上，维小将刷牙的时候，“弹破天”又拿着那只黑乎乎的牙刷来了。维小将说：“我家的牙膏也只有一点点了！”

说着，给他看看。的确，那支牙膏看起来只有一个空壳了，但是努力挤一挤，还能挤出一丢丢来。“弹破天”使劲挤，指头都发红了，牙膏才冒出一点点。他将就着刷起来。

深秋的水冰凉凉的，维小将漱口时一激灵，边漱边说：“真冷啊！”

“等我们这一批甘蔗收上来，爸给你买个暖水壶。”

刷完牙的“弹破天”顺便用冷水洗了一把脸。维小将忽然发现他不一样了，他的熊猫眼没有了，尖瘦的下巴好像也堆满了自信。

“‘弹破天’，我看你是有什么好事了吧？”

“哎哟！小将，没想到你心眼还真多，真被你说中了！我有工作了！”

“弹破天”掏出手机，炫耀一般地说：“昨天晚上，忠叔一个电话，我从此就不再是无业游民了！”

“啥工作？”

维小将的爸爸擦擦嘴角的水，比谁都着急。“弹破天”得意地笑了笑，深吸一口气，说：“啊！去糖厂当司机！”

“哟，那以后得进城了？”

“那是当然！我今天就去,不然怎么想到要刷牙洗脸呢！”

三

十二月底开始砍甘蔗了。文勇兵的爸爸赶了回来，刚进家门放下东西，就来到维小将家，手里还拎着一包东西。到了小将家，他把东西放下说：“我说老维啊，你要是跟我一块出去，到了冬天也不耽误收这些甘蔗啊！”

维小将把他带来的东西打开，原来是几条腊肉。

“你看见了，我家的甘蔗长得也不错。这甘蔗不需要经常打理，天生天长。要不明年，你也像我这样，出去找找零工，农忙了再回来？”

小将爸爸摇摇头，说：“这一年，我专门种甘蔗，心里很踏实啊。”

“你知道这一年我在外边打零工赚了多少吗？”文勇兵的爸爸伸出十根手指。这让人怎么猜?

维小将嘴快，问道：“一千？”

“哈哈，你这孩子。”

“一万？”小将爸爸试探性地问道。

“对！还要再多一根指头，一万一啊！”文勇兵的爸爸又不说话了，他好像在算明年的收入。

“我家八亩甘蔗，加上我这一万一，今年可真是丰收年了！”

文勇兵爸爸走后，小将妈妈说话了：“小将他爸，要不明年你也……”

“天晓得他那一万一是怎么拼命存下来的。我就是个农民，我只会种甘蔗。再说了，你肚子里的娃也有两个月了，我能离开吗？”维小将一听，妈妈肚子里有宝宝了？自己很快就有一个弟弟或者妹妹了！

啊！维小将一蹦三尺高，欢呼着跑出了门。

“这孩子！”妈妈摇摇头，笑了。

维小将家的甘蔗剥得最干净，砍起来也最容易。头天晚上，他爸爸把刀磨锋利了，维小将一下就能砍倒一根甘蔗。他和爸爸比赛，爸爸竟然也不占上风。妈妈负责砍掉甘蔗顶部的几片叶子，最后，爸爸拿来竹条，将甘蔗绑成一捆一捆的。

第一天砍甘蔗，维小将的兴致很高，一口气砍掉了一排。他听到附近的甘蔗林中都是砍伐的声音，心里有种说不上来的高兴。

嗯，这就是一种匆忙而又甜蜜的生活吧！

一天下来，他们一家三口砍了一块田，大概有七八分地。一问文勇兵，他们一家三口竟然砍了一亩甘蔗地。

小将爸爸说：“主要是勇兵这孩子一人顶俩啊！”

“是呀，他妈妈要是不少那条腿，他们家一天能砍一亩三分地。”小将妈妈说。

第二天，维小将的身边就多了罗文晓和罗文鹏。田里更热闹了，孩子们干活有模有样，在说说笑笑中，一片片甘蔗就这样被捆成捆了。大家合力把成捆的甘蔗垒到田埂上。

维小将一侧脸，看见爸爸阴沉的脸色，吓了一跳。难道家里的甘蔗长得不好吗？一根根的，比他的手臂还粗，上面敷着一层蜡一样白的粉末，看起来可好了。在卜花村，他们家的甘蔗要是排第二的话，就没人敢排第一了。

“怎么运到大路上呢？”他的爸爸喃喃地说。

对呀，维小将这才想起来，村主任通知过，所有的甘蔗都要运到大路上，在那里上车。文勇兵家的牛这时候派上用场了。只见他一人赶着牛车，优哉游哉地从甘蔗田上过去，再一会儿，就赶着装满甘蔗的牛车走向大路了。

还有些人家直接用马驮。

维小将家没有牛，也没有马，这可怎么办？像他家这种情况的，卜花村也有不少。小将爸爸决定蛮扛。

“这不行，孩子他爸，人都扛坏了。”小将妈妈立马反对。

文勇兵的爸爸一眼看出他们家的窘境，在一边大喊：“等我家运完了，把牛车借给你们！”

几天后，大路上堆满了甘蔗，一堆一堆的，好像一座座小山。大货车开进村了，大家列在两旁，等候着。车子停下后，从车窗伸出一个脑袋。这不是“弹破天”嘛！

“弹破天”笑眯眯地跟大家打招呼，好些日子不见，他原本苍白的脸有些红润，尖下巴也似乎有些圆润了。

“‘弹破天’，怎么是你！”

维小将和罗文晓二人互相搂着肩，朝大货车望去，看见“弹破天”的那一刹那，两人都笑了。

大货车先装的是维小将家的甘蔗，满满一大车还装不完。“弹破天”出村不久，又开来一辆货车，也是先装了维小将家的甘蔗，还是装不完。等车一走，又开来一车，这次总算装完了。

这一整天，大货车在卜花村进进出出，维小将和罗文晓喜欢看车，砍甘蔗的时候，总是留意车的动静，一有什么声音就抬头往远处看。维小将爸爸没说话，只在心里盘算着：十几亩甘蔗，最后能装多少车呢？

第十章 维家有儿初长成

一

大家想在年前把甘蔗砍光卖光，好过个安逸的新年。砍最后一块甘蔗田的时候，维小将有些舍不得了，手里的刀失去了活力，变得有气无力的。爸爸以为他累了、厌倦了，就说：“哎，回去吧，反正最后一点了，我跟你妈一下午能干完。”

“我才不呢！”维小将扭了扭身子，扬起砍刀，一下子砍倒了一根粗壮的甘蔗。这是这么多天以来，最大的一根了。妈妈边削叶子边说：“要是所有的甘蔗都这样大，一亩得产二十吨吧！”

甘蔗卖光后，维小将的爸爸算了一笔账：他们家的 14 亩甘蔗地一共产了 196 吨甘蔗，今年行情不太好，一吨甘蔗 360 元，一共得了 70560 元。减去化肥和租金，稳稳赚了 5 万元。

“弹破天”是在年二十七回来的，人胖了一圈。

“司机多轻松！就像打牌一样，坐在那里，手握方向盘，钱就挣到了。哈！多好的工作！”“弹破天”在给维小将家送过年礼物时，自豪地说道。从前过年，他都是挨家挨户蹭吃蹭喝，这可是头一回见他送东西给别人。这样的头等新鲜事，自然传遍了卜花村的每个角落。他走到哪里，步伐都那么稳重而轻快，声音都那么响亮。

“不出两年，我准会盖个亮堂堂的高楼！”

面对“弹破天”的豪言壮语，大家先是面面相觑，然后才哈哈一笑。

“怎么？不相信？”

“弹破天”用指头弹弹上衣，那是一件崭新的皮夹克，套这件衣服在身上，使得他看起来像一只油光发亮的松鼠。

“信，当然信！不过呀，等你盖上楼，我们在场的所有人也盖上喽！”

哼！“弹破天”气呼呼地走了。别人不相信他，他就要证明给人家看！现在的“弹破天”可不是以前那个“弹破天”了！

维小将就算是做梦也会笑醒。爸爸跟他说过，等这批甘蔗刨了根，种上新的一批，他们家就能住上新房子，比罗文晓家的还要敞亮。

维小将尝到了甜头，每天干什么都有劲。年一过，春雨一洒，本来只有土黄一片的大地上就绿油油的了。甘蔗苗又长起来了，人们的希望之光都聚到苗尖上，像那春雨在闪闪发光。

维小将的爸爸因为有了五万块钱，又承包了一些田。他们才种下的新甘蔗，经过春雨一润，也冒出一根根绿色的触须。不知不觉中，小将妈妈的肚子也鼓了起来。

一切都很值得期待。

野草是个难缠的家伙。维小将记得，眼前这块田是第一块锄干净的，等他和爸爸把所有的田都锄干净后，这块田又变得好像没锄过一样。周而复始地锄草，让维小将和爸爸都黑了一圈。

文勇兵的爸爸还是去城里打零工了，问文勇兵，他说："去年的甘蔗也没多少，就挣了不到两万块钱。"

文勇兵的爸爸好像开窍了，买回来一些除草剂。

"现在干活哪有不用除草剂的！喷一喷，保准几个月不再长草。"

"几个月？"维小将的爸爸把眼珠子瞪得像个龙眼核，最后摇摇头，"我可不干！这玩意一定毒害土地！土壤一旦受了伤，甘蔗就长不好。"

"哎呀，你得跟上时代！你想想看，科学家研究发明这个除草剂是干吗用的？啊？难道他们不比你懂？这玩意就是毒死野草，过个几天，药性就没了，对土地好得很呢！"

不管文勇兵的爸爸怎么说，小将爸爸还是没法接受，他依然整天背着锄头，早出晚归。

二

后院的石榴花一枯萎，就看见一粒粒金樱子大小的石榴坠在枝头。夏天的气息浓起来了。眼看暑假就要到来，维小将的眼神也暗了下去。现在，本来肤色不算白的罗文晓站在他身边，竟然比他白多了。没办法，罗文晓几乎没什么活可干，卜花村里还是经常能听见三兄妹的笑声。

如今，暑假对于维小将来说，就是“渡劫”。爸爸不会让他多在家里待一刻钟，天还没亮就叫醒他，催他吃饭，好去锄草。妈妈的肚子越来越大，似乎快要生了，不敢让她去甘蔗地。维小将要是不去，他妈妈就扛起锄头，赌气说自己去干。维小将没办法，只能灰溜溜地跟爸爸走了。

这一天，艳阳高照，维小将的爸爸干劲特别足。他鼓励维小将多用力，赶紧锄，此刻的阳光就像打火机，能把这些草烧光。

“快点干！这些草的根一死，就不会再长这样快了。”

在所有的野草中，维小将最讨厌香附子。乍一看，它很像韭菜，感觉很好吃的样子。但维小将觉得它最可恶，锄草时要是刨得不深，没几天，它就又死而复生了。偏偏甘蔗田里就属这种草最多。除此之外，牛筋草也很烦人，它非常结实，在坚硬得像石头的土地里也能长得很好。重要的是，哪里长了它，哪里的土地就硬起来。有一次，维小将碰到了这样一片牛筋草。他硬着头皮挥动锄头用力锄下去，但锄头总是被反弹回来。他有些生气，擦了擦汗，使出浑身力气往下一砸，锄头陷进去了。他又费劲巴拉地拔出锄头一看，锄头竟被崩掉了一个角。

野草永远锄不完。

这是维小将的总结。

爸爸却告诉他，好日子不是做梦就有的，得用自己的汗水去拼搏。这个道理，维小将当然明白。其实，自从文勇兵家用了除草剂后，维小将偶见文勇兵在黑水边钓鱼，心里就很不是滋味了。

他也只是个孩子啊！他的童年可不能整天就是锄草再锄草吧？

夜色重了，维小将累得早就呼呼睡去。妈妈心疼地看着蚊帐里的儿子，摇摇头说："不然，明天让他休息一天？"

小将爸爸只好点了点头。

没想到，第二天维小将醒的时候，太阳已快爬到正顶上了。往常那只打鸣的大公鸡这会儿也不知道跑到哪去了，耳边除了聒噪的蝉鸣，什么声音也没有。

要不是热，维小将也不会醒这么早。他实在太累了，频繁的锄草让他觉得那锄头也锄到了自己身上，就连骨头也失去了知觉。还没劳作，他的额头就沁满汗珠。洗了脸，他还觉得不爽快，心想，要是冬天的冰水跑到夏天来该多好！

厨房里，几个红薯躺在竹篮里。维小将一摸，凉的。想必是妈妈很早就煮好了。他开始吃起来。才吃了一个就没胃口了。

天太热了，整个世界简直是一口大锅，他们都是锅里的面条，都快要被煮熟了。

他正想扛锄头出去，妈妈从榕树爷爷那头走来了。她看起来那么笨重，维小将觉得千年老乌龟动作都比她快。

“妈！你去哪了？一早上就不见人！”

“小将，你今天休息一天吧。”

哦？维小将迟疑了一下，终究还是放下锄头，跑了出去，但他不是去扶妈妈，而是去找罗文晓。

罗文晓三兄妹哪在家？大早上的就热得出去游泳了。维小将只好垂头丧气地回来了。

“怎么，你不玩了？”

“没伴儿。”

维小将坐在妈妈对面，跟她一起剥豆子。菜园里的豆子来不及吃，都老了。

好多蜻蜓围绕在他们身边飞来飞去，匆匆忙忙的，好像迷路的孩子边哭边跑。维小将伸手一抓，它们却机灵地躲开了。

日头越来越毒，维小将的爸爸只觉得嗓子像冒了烟。他端起水壶，咕咚咕咚喝了几大口。早晨才灌的井水，经过日头一晒，竟然热乎乎的，不管喝多少，他还是觉得口干。锄头似乎也不听话了，他明明想锄掉那几丛最茂盛的野草，锄头却偏偏往一边砸去。几个回合后，他才渐渐明白过来，自己的眼睛出了问题。

他的眼睛花了。满园的甘蔗影影绰绰，他定一定神，又觉得甘蔗还好好的。

他觉得头很重很重，坐在田埂上休息了好一会儿，眼皮越来越沉，好像睡着了，又好像没睡着。他听到附近有人锄草的声音，还有风吹甘蔗林的声音。他实在太累了，眼睛睁不开，话也说不出来……

三

是文勇兵将维小将的爸爸背回来的。

文勇兵在附近的甘蔗地里剥叶子，准备回家吃午饭时看见小将爸爸躺在田埂上呻吟，叫了他几声也没反应。文勇兵抓住他的双臂往自己的肩上一搭，腰部一使劲，将人颠到背上，就这样，将维小将的爸爸背回了家。

维小将火急火燎地去叫来医生。医生检查了一通后，说：“是中暑了。这种天，顶着烈日干活不中暑才怪。”

“中暑？严重吗？”

看着维小将一双担心的眼睛，医生说：“中暑得看情况，不及时处理会很危险。以后大中午的，你们就别去干活了。”

吃过药，维小将的爸爸勉强喝下一碗稀粥，就沉沉睡去了。

雨是半夜时下起来的，噼里啪啦的，伴着轰隆隆的雷声，维小将一整宿都没睡好。家里有人生病，天一亮他就起床了。

这时雨已经停了，房檐上还有雨滴稀稀拉拉地滚下来。

走进厨房，堆在墙角的柴火已经被雨水打湿。这房子漏雨已经不是一天了，爸爸总说有时间了就修理，可是一直没找到合适的瓦片。好不容易将火烧起来，他又听见妈妈微弱的呼唤。

维小将跑到妈妈床前，看见她面色煞白，捂着肚子，倾斜着身子，想起又起不来的样子。

“快，去找你三婶子！”维小将的妈妈忍着痛，从牙缝里挤出几个字。

维小将跑起来。他脑子一片空白，全部的感受力都集中在两腿上。长这么大，他第一次觉得双腿这样有力，它们好像两个弹簧，一蹦就蹿出去好远。终于，他来到了三婶子面前。

大伙合力把维小将的妈妈送到了医院，没多久，一个不到六斤的女孩出生了。维小将担心卧床在家的爸爸，又担心刚生完妹妹的妈妈。三婶子说：“小将，你回去吧，小孩子在医院也帮不上什么忙。”

维小将回到家，就瞧见了他那生病的爸爸摇摇晃晃的身影。他赶紧上前去。

“爸，医生说中暑很严重的，你得休息几天。”

“你妈怎么样了？”

“我有妹妹了，都好着呢。医生说，她们两天后就可以回来了。”

爸爸连连叹气，心里暗暗叫苦：自己怎么偏偏这个时候病倒呢！见到维小将进厨房洗菜，熬粥，切黄瓜，他心里又感到暖暖的。忍不住又抬头看一眼，嘿，这一看可不得了，在他的眼中，好像看见了缩小版的文勇兵。他不禁在心里嘀咕起来：“这孩子啥时候这样壮实了？他的双臂虽然干瘦，却那么坚实有力。噢，原来我家的小将已经长成一个小男子汉了！”

谁说不是呢，此刻的维小将做事是那么有条有理。他切黄瓜，菜刀在砧板上跳绳似的，只听见噔噔的声音，黄瓜片就薄薄地躺在一边，好像一个个圆圈整齐地罗列在那里。粥一好，他就架上铁锅。一口锅那么大，他一只手握住锅的一只耳朵，不慌不忙地把它放置在灶上。放油、炝锅、倒菜、翻炒、装盘，他一气呵成。

吃着儿子做的饭，爸爸眉开眼笑，病都好了一半。维小将见爸爸高兴，变得更加积极了。他扛起锄头，转身对老爸说：“今天我替你锄草！哦，明天、后天也是！你好好休息！嗯！休息一周！”这话说得维小将爸爸心里暖洋洋的。

维小将妈妈出院后，他边看熟睡的婴儿，边说：“小将这孩子长大了！”

“嗯，对呀，他现在是大哥哥了。”

屋里响起了父母甜蜜的笑声。

第十一章　左手甘蔗，右手家人

一

维小将的这个暑假过得跟天上的太阳一样火热。

妈妈没出月子，婴儿半夜还经常啼哭。一听见妹妹的动静，维小将就一骨碌从床上爬起来，有时给妹妹换尿湿的裤子，有时给妈妈端杯热水。自从有了妹妹，妈妈的肚子似乎变成了一个无底洞，吃进去的东西一会儿就被消化得无影无踪了。妈妈总是感到饿，维小将一天要做几顿饭。有时，大半夜的，他就得满头大汗地在厨房里当个黑夜厨师。

妹妹很难伺候，动不动就哭。维小将哪里敢抱她？她那么小，软乎乎的，好像一团嫩豆腐。还没抱她呢，维小将脑子里就出现了豆腐摔在地上的画面。

不管妹妹怎么哭，他都不敢抱她一下。

有人说，女人月子里不能太劳累。眼看妈妈就要把妹妹抱起来，维小将连忙叫住。叫声未止，他的双手已经像铲子一样插到了妹妹的脊背下。软软的，温温的，虽然妹妹裹着包被，但维小将还是觉得压在自己手上的是一块豆腐。

“不是这样抱孩子的，你一手托住她的脖子和后脑勺，一手托住她的屁股。”妈妈告诉他。

哎呀，可真麻烦！

维小将在心里嘀咕，可还是按照妈妈说的抱起妹妹。妹妹还是哭，丝毫没有停的意思。她那张嘴咧得大大的，好像一个扩音器。

爸爸在一边却帮不上忙，这次中暑，他身上那根掌管力量的筋骨好像被抽掉了，整天软绵绵的，走一步，都好像踩在棉花上。

外婆来了。她挑着两个竹笼子，一个竹笼里装的是鸭，另一个竹笼里装的是鸡。维小将连忙过去把竹笼接过来。

“长这么大了！”外婆看着跟自己一样高的小将，笑了笑，舀了井水洗个手，洗把脸，再漱个口，就进去看婴儿了。没一会儿，屋里就传来外婆哈哈的笑声。

维小将暂时把鸭和鸡放进自家鸡窝，选出一只特别大的公鸡，今天的美味就是它了。没多久，一只大公鸡就在热锅里散发出香味了。现在的维小将可算是半个美食家了。

伺候好这家子，维小将扛起锄头往外走，不想却在路上遇见了文勇兵。

“干吗去？”见文勇兵拿着一个像锄头又不是锄头，像镰刀又不是镰刀的东西，维小将箭步上前看了看。文勇兵从他身上闻出了肉香味，便问：“中午吃了啥？”

“鸡。”

“大鸡腿？”

“我可没有，大鸡腿都留给我妈了。”

文勇兵知道，刚生完孩子的妈妈都要吃好的，身体才能恢复得快一些。

“你妈妈怎么样了？”

“现在能下床走动了。”

“你爸呢？”

“他好像症状比生孩子的人还严重！一整天没精神，所以，肯定扛不起锄头了！”

文勇兵忽然做了个决定，跟上维小将的步伐。

“怎么了？你不是要去甘蔗田吗？”

“是的，是去你家甘蔗田。”

“啊？”

“走吧！”

文勇兵拿的那个东西果然是个神器。他只需要用那锄头或者说镰刀一样的家伙挂到甘蔗叶上，用力往下一拉，一下就能扯下许多叶子。维小将惊喜地大叫一声，冲上前，抱起地上的叶子，不可思议地说：“哇，这等于我五双手干的活啊！”

“今天我帮你剥叶子！”

“好，今晚请你吃饭！”

二

小将妈妈已经能干一些力所能及的事了，小将爸爸的病却越来越严重了。在大家的劝说下，他才同意去医院检查。

原来是低血糖。医生给他注射了几瓶药，终于精神多了。维小将仍很担心，不让他下地干活。

“放心，放心！我就在家照顾你妈妈！”

维小将也不让他照顾妈妈，他一个人承担起所有家务，早晨做好了饭菜，就去甘蔗田，中午回来热饭给爸妈吃，休息到下午三点半又去甘蔗地。文勇兵有了神器之后，一天能剥差不多一亩甘蔗叶。维小将再次遇见他时，问他能不能借用一下神器。

“当然可以！”

罗文晓见维小将好几天不来找自己，便自己去找他。见他在水井边洗小婴儿穿过的衣裤，就跑上来问：“小将，你最近怎么变瘦了？”

“有吗？”维小将站起身，打量了自己好几下。

哈哈哈！

远处传来罗美丽的笑声，接着，又传来了罗文鹏的尖叫。这兄妹俩一定又在路上打闹了。维小将把衣服晾在竹竿上，跟罗文晓出来。见到维小将，罗文鹏很惊讶："你怎么在家？"

"大中午的不能下田，医生说了容易中暑。"

"你爸中暑还没好吗？"

维小将摇摇头。

"他昨天刚从医院回来，不知怎么搞的，变成低血糖了。"

"你爸太累了。"罗文晓说，"这样吧，一会儿你去甘蔗地叫上我，我帮你！"

"我也去！"罗文鹏大喊，还把目光落到罗美丽身上。罗美丽后退几步，说："我可不去！甘蔗会把我的脸刮花！"

大家把目光移到维小将脸上，的确从他的脸上找到好几条头发丝一样细长的划痕。

小将的妹妹又哭了。哭声很响亮，几个伙伴都愣了一下，才呼啦一起跑进屋。也许是因为一下子来了这么多人，小宝宝却不哭了。

一过了三点，阳光的脾气就软下来，维小将和罗文晓兄弟走向甘蔗地去剥甘蔗叶。起初，大家都觉得还不错，那种热，只不过像是多穿了一件衣服而已。剥着剥着，汗就越来越多了，不知不觉中，身上的衣服就好像刚从水里捞出来的一样。罗文鹏投降了，第一个跟大家告了别，眨眼的工夫就跑没影了。

"文晓，你也回去吧！"

此时，罗文晓的脸上火辣辣的，上面已经留下不少划痕，加上汗水的浸泡，那伤口就好像有蚂蚁在咬。但他不忍心把好朋友丢在这里，扬起手臂擦掉汗，说：“你不走我就不走！”

维小将也擦擦汗，接着干。阳光越来越柔和，就连云朵也好像被他们的友情感化了，飘过来挡住了阳光。

忠伯伯和“弹破天”又出现了。这次，他们好像不是为了甘蔗来的。花阿婆问：“大忠啊，你挨家挨户地走，就是为了聊天？”

“嗯。”

他们来到维小将家，一问，才知道这孩子一早就去锄草了。他们见维小将的爸爸面色惨白，走路直不起腰，还在择韭菜，就过去帮忙。

“今天必须在我家吃饭，我还没好好感谢您呢！去年我存了这个数！”维小将的爸爸伸出手掌，脸色瞬间好起来。

维小将回到家，赶紧去抓了一只鸭。这是上次外婆留下的。“弹破天”这次不再饭来张口了，他变成了主厨，维小将变成了帮手。

吃饭时，维小将问忠伯伯：“这次来就是为了聊天？”

“小将啊，聊天的学问可大着呢。跟开心的人聊天，自己就会跟着开心；跟难过的人聊天，自己就会想办法让他不难过。”

维小将的爸爸一听，连忙接上话：“跟贫困户聊天，贫困户就富起来了！”

“对！跟‘弹破天’聊天，‘弹破天’就有工作了！”“弹破天”也忍不住接了他们的话。

三

整个七月，维小将都是咬着牙，一天一天地度过的。八月的第一天，小将爸爸终于坐不住了，扛起锄头就往甘蔗地走去。

“小将，在家照顾好你妈妈和妹妹！”

他只丢下一句话。

维小将当时还在厨房炒菜呢，一出门，已经不见了爸爸的踪影。他的妈妈正在给妹妹换裤子，她又尿了，这次不仅把上衣弄湿，还把整个床单弄湿了。

“小将，一会儿拿去洗洗！”

维小将已经习以为常了，整个七月，他不就是这样过来的吗？没想到，他正在洗衣服和床单的时候，爸爸扛着锄头回来了。

“头晕。”他说。

维小将抬头时，他已经钻进房里躺下了。小将的妈妈劝他去镇上医院看看。他一骨碌坐起来：“我可不花那钱！”

“小病不治成大病，身体好了，才能干活。你总不能让小将一人忙里又忙外吧。没多久，他可要开学了。”

他爸爸一听，是这个理儿，就起身去了医院。维小将洗好衣服，妈妈看着他的背影，心里暖乎乎的，她非常庆幸自己生了这么一个好儿子。可她嘴上什么也没说，只笑眯眯的，把维小将整得浑身不舒服。他扛起锄头就跑出去了。

八月的日头依旧毒辣，还没走到田里，维小将头上的汗已经像不停地往下流了。不远处的水渠，在阳光下一片闪亮，照花了他的眼。走了几步，他忍不住又看看亮晶晶的水渠。一股巨大的魔力将他召唤过去。来到水渠边，维小将忍不住跳了下去，阵阵清凉浸透全身。

维小将就这样湿漉漉地去甘蔗田干活，没一会儿，太阳又把他烤干了。他又回到水渠边，把自己身上弄得湿漉漉的。这一整天，他都是通过这样的方式来避暑。第二天，他变得更聪明了，换上了水鞋。妈妈叫住他问："你这样不捂得慌？会长脚气的！"

维小将只嘿嘿笑着，说："你不懂。"

他又来到水渠边，先在里面游上几圈，临走时，往水鞋里灌满水。他就穿着这样的鞋，沓沓地走着。每走一步，鞋子里的水就像喷泉一样，从脚趾头、脚后跟、脚板下涌出来，将他挠得痒痒的。

在甘蔗田里，他踩着这样的水鞋，脚底一阵凉快。他心里暗暗得意，没想到自己这样聪明，以后就可以这样踩着"水"干活了。等身上被烤干，水鞋里的水也被焐热了，他又去水渠里游泳，给水鞋换上新的水。

这一整天，他一共去水渠游了四回泳，给水鞋换了四次水。

傍晚回到家，妈妈见他和以前不同，就问：“今天不热？”

“怎么不热？我今天去医院打吊瓶的时候，头发都要被烤焦了。”维小将的爸爸帮他回答。维小将嘿嘿笑着，将自己的绝世妙计告诉了他们。爸爸也呵呵笑起来。妈妈却眉头一努，眼睛一瞪，说道：“你这傻孩子！你的脚在水鞋里捂了一天？这样很容易起水泡的！”

维小将伸出自己的脚看了看，脚趾头边缘都被泡得像癞蛤蟆的皮肤，皱巴巴的，又好像是放了漂白剂，脚掌和趾头缝发白。吃过晚饭，更惨的事情还是来了，维小将的脚板越来越痒，没多久，脚趾头上、趾头缝中都起了红色的疹子，密密麻麻的一片。

他很想挠，但又不能挠，只能忍着，实在忍不住，就用扇子来回蹭。这一次，他可真是聪明反被聪明误啊！

第十二章　开着新车进村庄

一

这学期开学，维小将就是个五年级的学生了。现在，他变成了班里肤色最黑的那一个。如果说，别人的肤色像白鳞鱼，那么，他的肤色就像黑泥鳅。于是，渐渐的，有人叫他“黑将军”了。可他提出不同意见：“将军哪有这样瘦弱的？我看，文勇兵叫‘黑将军’最合适。”

大家不同意，只因他的名字里有个“将”字，叫“将军”合情合理，再加上，他又是第一黑。大家争执几番，最后他叫“黑将军”，文勇兵叫“壮将军”，事情才算有个完美的结局。

村里有只大公鸡，全身乌黑闪亮，只有那鸡冠是红色的，又大又鲜艳，好像一朵大红花。它威风凛凛，村里的鸡见了它都退让三分。往年过年，人们喜欢看斗鸡。这只大公鸡可谓所向披靡，百战百胜。人们因此也叫它“黑将军”。

这天在上学的路上，卜花村的两个“黑将军”意外相逢了。

罗文晓眼睛一亮，说：“咱们的‘黑将军’和那位‘黑将军’比，谁更厉害？”

维小将不假思索地说：“当然是我厉害！”

他一个蹦跳，来到“黑将军”跟前。“黑将军”本来一心一意地溜达着，被人这样一吓，扑嗒着翅膀往后跳了几步。当看清维小将的脸时，它火冒三丈，架起大翅膀，咯咯地叫着，耸着脖子，头上的鸡冠透出一点愤怒之光。维小将也不怕，张开手臂，喝了一声。“黑将军”彻底被激怒了，忽然跳起来，锋利的爪子抓住维小将的手臂，尖锐的鸡嘴猛地啄向他的胸口。维小将也不是吃素的，一把抓住鸡脖子，这只威风凛凛的“黑将军”顿时没了辙，只拼命地扑打翅膀。它的翅膀很有力，扇得维小将的手臂一阵阵发疼，眼也睁不开。他只好松了手。谁知，刚吃了大亏的“黑将军”不服气，又对维小将发起进攻。这次，维小将没有抓住它的脖子，而是闪开了。在一旁观看的同学都哈哈大笑。

“真精彩！比斗鸡好看！”

“黑将军”自我感觉占了上风，又乘胜追击，扑棱着翅膀飞来。维小将一个扫堂腿，“黑将军”一下子被踢出老远，像个球一样撞到了路边的杂草堆里。它仍不服气，又进攻。几个回合下来，它累了，终于知道维小将不好惹，只好悻悻地跑开了。伙伴们围上来，哈哈笑着。罗文晓摘掉嵌在维小将头发里的鸡毛，说：“你现在是卜花村唯一的‘黑将军’！”

秋总是悄无声息地来。维小将只有看见后院里石榴的脸酝上一层绯红后才恍然大悟。卜花村的秋天的确不明显，短袖一样穿着，气温一样火辣。路上的龙葵籽黑了，上学时，孩子们经常吃。

地里的甘蔗都在生长糖分，经常有蜜蜂在甘蔗地里穿梭。维小将的爸爸不小心被蜇了一下，一进家门就抱怨。维小将上前一看，那只满是黑纹路和茧子的手竟然肿胀起来了。

“怎么办？”

他爸爸也是第一次遇到这种情况，他能知道怎么办？花阿婆在散步时听说了这件事，就从家里带了一支消肿止痛的药来。敷上药，维小将的爸爸说：“冰凉凉的，感觉很不错！”

他的手消肿了，握起锄头又像从前那样有力了。自从上次中暑生病后，他现在特别注意劳逸结合。加上看见了文勇兵使用的“神器”，自己也去街上买回一个，干活比以前轻松多了。小将妈妈劝他买点除草剂，以后就不用这样辛苦了，他依然固执地摇摇头。

二

小将的妹妹竟然能发出笑声了，每次小将放学一进门，她就抿嘴一笑。她的笑声很细很弱，很清甜，维小将一见妹妹笑，就什么烦恼都没有了。

维小将还是经常去甘蔗地，有时会在田里和文勇兵相遇。有一次，他与文勇兵在那块砌起“三八线”的甘蔗地碰面了，两人都觉得有些尴尬。维小将红着脸，想踢掉那些石头。文勇兵说：“这些都是表面，重要的是，我们的心和好了！”

维小将只好笑了笑。

第二年甘蔗长得比第一年还要好，一根根的，像婴儿的腿一样粗。维小将喜欢把甘蔗田说成森林，把砍甘蔗当成伐木。

“小将他爸，今年甘蔗产量只怕比去年还大，我们可不能全指望勇兵家的牛，得自己想想办法。”

小将爸爸也在想这个问题，孩子他妈这样说，也更坚定了他的想法——买一辆电动三轮车。

“我打算买一辆车。”

“啊，你会开吗？”小将妈妈的一阵惊讶应该是传送给怀里的宝宝了，她哇的一声哭出来。但也只是哭了几声，在妈妈的安抚下，她很快安静下来。

小将爸爸看见宝宝笑了，自己也咧开嘴说：“学这个又不难！”

没多久，维小将的爸爸就为这句话付出了代价。

那天，他在车行精挑细选，看中了一辆涂着红漆的电动三轮车。他在心里估摸着这辆车能载几捆甘蔗，卖家一看他的神情，便知道今天这生意铁定成，于是天花乱坠地说了一番，还教了他怎么骑。

车场都是水泥路，很宽敞，卖家坐在一边，维小将的爸爸双手握住车把。卖家指着上面的几个按键，告诉他每个按键的不同功能。小将爸爸似懂非懂地点点头，就开始尝试。车子缓缓地驶开了。他很高兴，右手转动车把，速度加快了，他一松手，速度变慢了，再一脚踩住踏板，车子就刹住了。原来开车这样简单啊！

“怎么样？这车子灵活不？”

小将爸爸连连称赞，压下价格后，他坐上座位，鼓足气，真的开车回村了。一路上，他的精神都紧绷着，以最慢的速度一步步靠近卜花村。路上不时有大大小小的车迎面开来，每当这时，他就格外紧张。他不知道是要盯着人家的车子看，还是专心掌控好自己的车。最后，他只好停下来，等人家走远了，才再慢慢启动。

小心驶得万年船嘛！

他正想着，发现不远处已经是那棵熟悉的红木棉了。这棵红木棉就像是卜花村忠诚的守候者，谁也不知道它到底站在那里多少年了。听说，以前它的躯干上满是钉子一样的刺，村里的牛总是蹭着它挠痒痒，最后，刺都掉了。没了刺，也不影响它的生长。它是那样蓬勃向上，顶上的枝丫带着一股摸到云朵的勇气，几十年来，一直没有停止生长。它变成了卜花村里最高的树，只要你远远看见那伞一样的树梢，就知道卜花村快到了。

此时，维小将的爸爸眼见胜利在望，不由得松了一口气。木棉树就在眼前，他想好好表现一下，转动手把，加快速度，车子一下子蹿出去。他来不及转弯，车子径直撞向木棉树……

恰好此时，几个从甘蔗地干活回来的村民发现了，及时拉住车子，不然后果很严重。

三

回到院子里，小将爸爸心疼地检查刚买的车子。还好，只是车头掉了巴掌大的一块漆。他长吁短叹，懊悔至极，这一路他小心翼翼，没想到快到家了，发生这种事。

“人没事就好。”小将妈妈这样一说，他才感觉到自己的腿有些痛，拉起裤子一看，也擦破了一块皮。

中午一放学，维小将就见到了崭新的车子。他简直不敢相信，跑进屋问：“爸，谁来了？把车停在我们院子里。”

“嘿嘿，那是我们的车子！”

说着，他又坐上去，在院子里开了几圈，给维小将开了眼界。这一整天，维小将都笑得合不拢嘴，开始盼望寒假快点到，他想去砍甘蔗了。

维小将家买车的事一下子传遍了整个村庄,大家轮流来看。文勇兵的妈妈也来了，她也有把牛卖了买车的想法。

“对，买车！只需要充电就能用！养牛多麻烦，还得给它割草喂饭！”

“这不光是麻烦的事，重要的是牛慢啊！”文勇兵妈妈的目光一刻也没离开车子。

“只是,孩子爸爸怎么说？得等他回来了,你们再决定吧。”

维小将妈妈这番话并没有让文勇兵妈妈打退堂鼓，她的目光更坚定了，斩钉截铁地说：“我开！”

就这样，在入冬的前一天，文勇兵的妈妈真开着一辆天蓝色的三轮车进村了。那么，他们家的牛呢？自然是卖了，用这些钱去买的车。

有了去年的经验，维小将砍甘蔗已经是一流能手了。他妈妈却说：“这是因为你又长了一岁。”

维小将不赞同。白色的刀刃在阳光下闪动亮点，好像几只萤火虫，他对着刀刃吹吹气，顺势一砍，甘蔗就倒下了。

一个早上，一捆捆干干净净的甘蔗垒在田边。

维小将发现新问题了：没有路。

没有路，车就开不进来。人家有马车的，已经把甘蔗驮到大路边，等货车运走了。通常情况下，砍个三五天，就可以打电话叫车来拉货。可是今年的甘蔗很粗大，才砍两天，大家就叫车子进村了。“弹破天”进城工作一年多，人完全变了样。他的下巴上赘了一些肉，使得五官更精神了一些。他人也变了，去年只知道坐在车里等大家装货，今年竟然下车跟大伙一起扛甘蔗了。

维小将家的甘蔗都堆在田边，看着其他人的甘蔗都被运走了，他有些着急。他妈妈一边削甘蔗叶，一边哄着背在后面的妹妹。他爸爸却不慌不忙，依然卖力地砍着。

被冬日的阳光晒久了也会冒汗，维小将不心疼自己干活流汗，他心疼甘蔗运不走。货车这几天都不会来了，听“弹破天”说，他们要去别的村装货了。这些甘蔗，少说也能装两辆车了，再不运走，只怕要被阳光晒干的。

文勇兵一家的甘蔗也没运到大路上。他爸爸检查了几天前砍的那堆甘蔗，惊叫起来：“根干了，尖也干了，这得少多少秤啊！”

小将爸爸摇身一变，变成了乐天派，笑着告诉他：“不要上火，等大伙把甘蔗砍掉，我们的三马仔就能开进来。”

果然，没多久，阻挡他们开车进来的甘蔗田都被砍光了，这下子，他们爱怎么开就怎么开了。这一次，轮到那些有马车的人家羡慕他们了，只需一个上午，他们就能把这些天砍的甘蔗运到大路上，而且还没那么累。

第十三章 吃口红糖有灵感

一

成捆成捆的甘蔗堆成了一座座房子那么高。空气里到处是甘蔗的甜味，太阳一出，竟然有一些蜜蜂飞来了。它们停在甘蔗的缺口上，尖利的牙齿在这里咬一下，在那里咬一下。

维小将看见蜜蜂，觉得不可思议。文勇兵的妈妈将车停在不远处，文勇兵和他爸爸把甘蔗抬下来，堆好。自从有了车，文勇兵妈妈觉得自己更有用了。抬头瞧见蜜蜂，文勇兵正想去赶，她说："冬天蜜蜂出来不容易，不要赶它们！"

维小将的妈妈走过来闻了闻甘蔗，觉得甜沁沁的。她想起小时候去姑妈家用甘蔗酿糖的情景。那时，她和维小将差不多大，拿着一把弯刀削甘蔗皮。削好以后，姑妈把甘蔗砍成一小段一小段，放进石臼里捣，掏出渣渣，舀出汁水，放进锅里煮。等水一开，她就快速搅拌。锅里起了漩涡，再搅呀搅，汁水越来越稠，有褐色的气泡冒出来。姑妈用根筷子去蘸，从锅里拉出丝来时红糖就熬好了。把一锅糖水倒进模具里，等它干了，就用菜刀切成一块块长方形的红糖。

红糖可是她童年时最美的记忆，现在她忽然想吃一口红糖了。

“小将，你知道这甘蔗可以用来熬红糖吗？”

维小将摇摇头，他只知道，这种甘蔗进了糖厂，就变成了白砂糖，往白粥里放点白砂糖，他就能多喝两碗。但是，他也知道，白砂糖没有红糖好吃。做点心放的馅料都是红糖，红糖糍粑、红糖粽子、红糖馍馍，他一想起来就流口水。

“妈，这甘蔗不是造白砂糖的吗？怎么能做出红糖来？”

“糖厂也产红糖的。”

文勇兵的爸爸告诉他。

“妈，那怎么做出红糖来？”

小将妈妈凑近甘蔗，闻了闻说：“我也不知道，小时候见过大人熬糖，我想试一试。”

“试什么？”

维小将疑惑地看着妈妈扛走了一捆甘蔗。晚上，小将爸爸知道了她的想法，笑起来，说：“那也得等我们把甘蔗砍完了。你现在就去熬糖，哪有时间？”

维小将在一边嘿嘿笑，保证自己一定更卖力，抓紧时间把甘蔗都砍完。妈妈杵了杵他的额头，说：“就知道你是个馋猫！”

仅仅几天时间，原本被甘蔗铺满的卜花村就变得空荡荡了。

大地一片土黄色，风把一些干草干叶子吹到一处。孩子们都喜欢这样宽广的大地，成群结队地跑到田里来。要是有阳光的正午，气温刚刚好，也会遇到一两只大蝗虫出来晒太阳。

维小将家的墙边，有两捆甘蔗靠着。那是他妈妈精心挑选出来的，已经放在那里两天了。见妈妈迟迟不熬糖，维小将终于没耐心了。

“妈，你说的话还算数吗？”

“当然！只是我现在缺一个大铁锅！”

维小将跑进厨房看了自己家的炒菜锅，伸开手臂比画比画，怎么说自己家的锅也有一个簸箕那么大，怎么熬不了红糖呢？他去央求爸爸。爸爸对熬糖一窍不通，哪敢插话，只告诉维小将，一切等你妈妈安排。

二

这已经是甘蔗靠在墙边的第三天了。维小将嘴上不问，心里可惦记着呢。今天妈妈不在家，小将正在切豆角。菜刀在砧板上噔噔地响，一段段手指长的豆角就从刀锋下滚了出来。铁锅已经架上，火已经烧开。眼看水已经沸腾，维小将连忙铲豆角下锅。搅拌几下后，他拍了拍自己的脑门，叫道：“哎呀！忘了洗豆角了！”

心不在焉肯定把事做坏。

维小将在心里想着，等豆角熟了，放进冷水里泡一泡，再翻炒两下吧。

饭也是吃不好的，白糖他也觉得没有滋味了，他妈妈却笑着一声不吭。小将心里在想什么，她可都清楚。等小将上学后，她开始在院子里搭起一个临时的石头灶。灶上稳稳地坐着一口很大很大的铁锅。小将爸爸则在一旁给甘蔗削皮。这是一个重活，削上几根，他的手腕就很酸痛了。

有什么好办法呢？

小将妈妈也不闲着，她用石臼捣着甘蔗。冬天砍完甘蔗没事干，人们都被这两人的行为吸引来了。有人开始提议："如果把甘蔗切碎一点，用石磨磨出汁水，是不是方便一点？"

有的人却说："这样还要一个人来切，多麻烦！"

"如果能直接煮就好了！"

好在小将放学时，这一切工作都做好了。青绿色的甘蔗汁装满一大锅，石头灶里，两块树根燃得正旺。维小将刚从榕树爷爷那边转过来，就闻到一种香甜的气味。

他加快步伐，嗅一嗅，确定这香味是从家里传出来的。走进院子，一个冒着热气的大锅摆在眼前。一上前，只见无数个气泡浮在锅面上。见妈妈已搅拌得手发麻，小将赶紧把大长勺子抓在自己手中，搅过来，搅过去，很有节奏，很好玩。香喷喷的气味挑动着每根神经，兴致一来，他就扭着屁股，哼起了歌儿。

可好景不长，维小将的第二首歌还没哼到一半，他的腰也酸了，手也麻了。妈妈叫他休息一会儿，他盯了盯气泡下面的糖水，青绿色中已经透出一种棕褐色来。

“不搅动会不会糊？”

“不会，现在还稀得很。”

小将记得有一次打雷劈倒了一棵苦楝树，他爸爸就把树根挖出来带回家当柴火烧。

木头根很耐烧，根本不需要添火，维小将还是舍不得走开，两眼直勾勾盯着滚着气泡的锅。爸爸说：“你先吃饭去，剩下的交给我们。”

小将却连饭都不想吃，这糖的气味已经填满了他的肚子，他一点也感觉不到饿。后来妈妈生气了，命令他去吃饭，他才一步三回头地进了屋。

冬天的风很大，把红糖水的甜味刮到了卜花村的每个角落。好多孩子都追着气味来了。维小将哪还有什么心思吃饭，端着饭碗围在铁锅旁。罗文晓长长吸一口气，满足地发出一声“啊”。罗文鹏则闭着眼睛，鼻子像猪一样，到处嗅着。

孩子们多想吃一口糖啊！

火烧呀烧，勺子搅呀搅，换了一个又一个人，锅里的糖水越来越少，冒出的水泡也由白色变成了浅褐色。大家觉得，糖味越来越浓了。

“快好了吗？”维小将问。

“快好了吗？”别的孩子问。

小将妈妈忍不住对孩子们笑笑，告诉他们：“要耐心等待。”

锅里的糖水浓稠起来，慢慢地被熬成了膏状，小将妈妈用一根筷子插进去，抽出来，一根浅黄色的糖丝像根线在空中断开。

浓浓的香气熏得每个人都陶醉了，罗文晓三兄妹将嘴唇舔了又舔，维小将的眼睛也一眨不眨地盯着锅。另外几个孩子则在一边仰着小脸蛋，噘起嘴，贪婪地吸着气。

几个竹匾已经摆好，维小将的爸爸一勺一勺地把熬成膏状的糖水舀进去，铺开。孩子们像一只只猫，围在竹匾旁边看。见他们一个个吞咽口水的馋样，小将妈妈就将放置在一旁的甘蔗拿来在锅里滚一圈，让甘蔗外面裹上一层糖。她把裹着糖的甘蔗给小将，所有孩子都围了上来，热气扑面，孩子们却享受得很。

晾一会儿，维小将让罗文晓先咬一口。罗文晓也不客气，张嘴一咬。啊！怎么回事，嘴竟然被黏住了。他用力一扯，红糖被拉得像面条。罗文鹏一口咬上去，把红糖面条咬断了。

“嗯！好吃！”

“太好吃了！”

所有的孩子都咬一口后，维小将才自己尝一下。啊，绵绵的，软软的，甜甜的，自己种的甘蔗，自己煮的糖，简直就是人间最美味的东西。

三

竹匾里的红糖晾到第二天就硬了。紧挨着竹匾的那一面留下了竹条印记，看起来像一张席子。小将爸爸磨好了刀，把红糖切成一块块正方形，小将妈妈用纸把红糖包起来，放进米缸里存起来。

“妈，为什么用大米把红糖埋起来？”

“这样才能留得时间长。”

米缸装满了，还剩好几块红糖，小将妈妈叫他去送给文勇兵一块、罗文晓家两块，剩下一块，放在碗柜里，想吃的时候就掰下一点。昨天，小将妈妈光忙活了，还来不及吃一口呢！这会儿，她掰下一小块，放进嘴里含起来。维小将现在吃糖可不心疼了，一口一个痛快。他妈妈见他这样吃，连忙制止：“红糖是好东西，可多吃也会伤身体。”

在卜花村，红糖是一种高级的调料。包粽子，做糍粑，往馅料里加一点，还有元宵节的汤圆，也是红糖水煮出来的。红糖，是很珍贵的东西。文勇兵妈妈拿到红糖后，心里暖洋洋的，她说，红糖煮姜汤，喝上一碗，肚子不疼，全身暖乎乎的，别提有多舒服了。

自从含了那口红糖后，维小将的妈妈脑子里就总有个想法。现在，那个想法不吐不快，害得她整个人都不舒服了。她找到正在后院修理锄具的孩子他爸。

“这次卖甘蔗，我们赚了多少？”

“嗯，钱还没打到账上，只是记在本子上，估计净赚个六万块不是问题啊！”

“这么多吗？那这些钱打过来了，你打算做什么？”

“盖房子啊。你看，村里不少人都建小楼房了。”

小将妈妈沉默了，小将爸爸抬头问道：“怎么了？”

“自从上次做好了红糖，我心里总在想，我们要是自己熬红糖，你说会不会赚得更多？”

“红糖？你这不是瞎操心吗？熬出来了，卖给谁？那么多甘蔗，要几口锅？要多少灶？柴火也是个大问题，哪有你说得那么容易！”

维小将的妈妈不说话了，但她心里的想法可没散去，她在盘算着怎么把红糖做成一定的规模。这个村，那个村，村村都种甘蔗，卜花村也种甘蔗，这有什么特色呢？

她的愿景是，卜花村能产出有自己特色的东西来。

文勇兵妈妈知道她的想法后，这么多年来暗淡的目光一下子亮了起来。她举着手说：“如果你想干的话，我入股！”

两位妈妈坐下来，畅谈着美好的未来。

“买个压榨机！”

“对，要大型的！”

“买几口铁锅！”

“把我们的甘蔗都熬成糖！”

一直谈到天黑，维小将的妈妈才舍得回家。第二天，文勇兵找到维小将，把两个妈妈昨天商量的大事都告诉了他。维小将高兴的脸慢慢暗了下去，原来熬糖这件事这么难！他要给妈妈想个办法，说动爸爸。

爸爸扛着锄头正准备去甘蔗地拢拢土，维小将叫住了他。

“爸爸，明年我们把所有甘蔗都用来榨糖怎么样？”

“你还没榨完一车呢，手都累断了。”

小将爸爸迈着一种不容商量的脚步走远了。

第十四章 掏空脑袋想办法

一

淅淅沥沥的雨天宣告着春的到来，文勇兵正在菜地里挖地瓜。他已经想好了，挖完了地瓜，在这里种上爸爸刚从城里买回来的蔬菜种子。这是一种在卜花村从没见过的菜。据说，它会像一个绿色的馒头从土里冒出来，馒头上长着几片叶子。叶子给猪吃，人吃绿色的馒头。这是一种多么让人期待的菜啊！

维小将也在自家的菜地里忙活。几根甘蔗一直迎风摇摆，它们粗壮的身体好像巨大的手臂，让维小将抓在手里，踏实在心里。去年冬天，他不让爸爸砍掉这几根甘蔗。因为维小将觉得，不管什么季节，卜花村总得有几根甘蔗站岗才行。一年多前，花阿婆在路边种下的甘蔗早被好奇的孩子们破坏掉了。如果他家的菜地里也没了甘蔗，卜花村就少了一分生气。

越来越多的人家买了三轮车运货，此时，那个一直存在的严重阻碍车子进地里拉货的问题也变得更尖锐了。大伙聚在榕树爷爷下，商量着这个大问题。

“修路，只能修路！”

“修路就要每家每户让出土地，谁愿意？”

这句话真像县官老爷的惊堂木，敲得人们都不敢开口说话了。对农村人来说，土地就是命啊！

“我愿意，我舍得。”

终于，有人开口打破了僵局。这个人竟然是维小将的爸爸。

“你舍得？你知道让出的这些土地能种多少甘蔗吗？”

小将爸爸不回答，但心里可清楚，这些土地一年产出的甘蔗至少能装满三辆车。

“管它多少呢！我也愿意！”

万事开头难，有人开了头，后面的人就陆续同意了，让地的问题就算解决了。接下来便是出钱的大事。对于修路，大家出力倒也愿意，但是再出钱，哪个肯呢？

“这个钱我愿意出！”

当然还是小将爸爸开了口。有些人，也跟着开了口，有些人支支吾吾的，说得回家再商量一下。

修路的事，就这样搁置了。

小将妈妈全部的注意力都在如何榨糖上了，她经常和文勇兵妈妈黏在一起。随着春天一天天过去，她们由兴致勃勃变成了黯然神伤。好多困难被她们一一数了出来。

世界上哪有容易的事呢？

“弹破天”忽然出现在了卜花村。他浑身光鲜亮丽，一套崭新的西装，胸前还打着领结。花阿婆看见他，差点认不出来。原来尖嘴猴腮的他竟然丰润起来了，面色就像枝头的桃花那般红。他拖着一个笨重的行李箱，几个孩子好奇地围上来。“弹破天”挥挥手，嚷着别用他们沾满泥巴的手弄脏他的行李箱和西服。

“弹破天”回到卜花村的第二天竟然请大伙吃饭了。来吃饭的人回去时，都拎了一袋糖。这些糖对孩子们来说非常珍贵，亮闪闪的纸包裹着它，扭开两头，打开包装纸，里面就是一个个小惊喜。有的孩子打开糖纸，里面是绿色的糖，像龙眼一样，一口吃掉一个。有的孩子打开糖纸，糖是玫瑰红色的，在阳光下闪耀着光芒。这些糖不管什么颜色，什么形状，都有各自的味道。

小将妈妈饶有兴致地盯着孩子们吃糖，空气里混杂着苹果香、草莓香、芒果香、玉米香、荔枝香和西瓜香，各种各样的香气像一条条小虫子，弯弯曲曲地钻进她的鼻子里，使得她灵光一闪：如果她熬的红糖也有这么多味道那该多好啊！

这些五彩缤纷的糖是“弹破天”的喜糖，他已经在城里娶了媳妇，这次回来就是给大家报喜的。

“弹破天”变了，他的日子像糖一样甜。卜花村也变了，田野里的糖在吸吮雨露，迅速成长。

二

维小将也变了。

他在为妈妈的榨糖事业绞尽脑汁。爸爸见他这样执着，便说：“只要你能想到榨糖、卖糖的一套模式，保证稳赚不赔，我就同意你们干。”

维小将当然想不到，他去找花阿婆。此时花阿婆有一只小鸡卡在篱笆里，她正努力地要把它救出来。鸡被揪疼了，叫得很尖锐。维小将细长的手将篱笆撑开，鸡自己钻出来，咯咯叫着跑了。

“花阿婆，您吃过不同口味的红糖吗？”

花阿婆弓着背，瞅着维小将的脸好一会儿，才说道：“红糖就是红糖味，哪有什么不同口味？”

就连花阿婆也不知道，维小将还能问谁呢？

每年春夏之交，忠伯伯总会来卜花村，考察家家户户的情况。此时，两位妈妈又在商议制糖大计了。维小将只好把妹妹背在身上，一会儿去罗文晓家，一会儿去村口走走。妹妹很听话，一双滴溜溜的大眼睛看着卜花村的一景一物。

一辆黑色的轿车开来了。它沿着曲曲折折的路，终于绕到了卜花村。车里的人下来后，维小将咧嘴笑了，眼前走来的人正是忠伯伯。

“孩子长得真快！”忠伯伯说。

“比孩子长得更快的是地里的甘蔗。”说这话的人很面生，是一个戴眼镜的青年男子。忠伯伯介绍道：“小将，这位是唐秘书。”

维小将听成了“糖蜜酥”，不由得说道：“那一定很好吃！”

唐秘书一脸蒙，忠伯伯笑呵呵地问：“最近你们家怎么样？”

小将立马把妈妈的烦恼一股脑倾诉给了他们。忠伯伯和唐秘书静静地听完又点了点头。

“小将，你妈妈的想法很好，新农村建设需要每个人都贡献力量。如果卜花村能把红糖做成一个品牌就好了。”

唐秘书抱着手臂，咬着嘴唇，似乎在思考什么。忠伯伯问：“你是不是有什么好建议？”

“嗯，”唐秘书一手托腮，“如果我们能给他们找到销路的话，剩下的都不是问题。”

小将的妹妹忽然咿咿呀呀说起话来，好像在表达自己同意唐秘书的观点。忠伯伯和唐秘书随后去了维小将家，小将把文勇兵妈妈也叫来了。

“社会主义建设靠大家，你们的想法很好。现在的城里人越来越喜欢原汁原味的农村土特产，你们把糖做好，我们来帮你们宣传。”

两位妈妈大喜过望。说干就干，第二天，她们就把一切都安排好了，榨汁机要买两台大的，大铁锅要三个，过滤网要六个，至于晾糖的模具要买什么样的，她们还在商量中。

维小将说：“你们光说不去外面看能行吗？”

赶集，对维小将来说是比过年还高兴的事。妈妈也学会了开三轮车，文勇兵妈妈和维小将坐在车斗里。卜花村通往公路的那条小路很颠簸，他妈妈开车还是新手，前面的一个大坑她明明看见了却没绕开，害得坐在车斗里的维小将蹦了起来。当屁股掉回座椅上时，他感觉像被人捶了一拳头，疼得把嘴唇咬出了牙印。

集市很热闹。他们先去看模具。模具有很多种，老板极力向他们推荐那种带有很多小方格的。两位妈妈商量着，都认为这样的模具制出的红糖是小小的正方块，一口一个，很方便。可最后她们还是没有买。

榨汁机镇上没有卖的，得上城里去。小将妈妈只买了几斤水果回家。罗文晓吃了他送来的李子，把核埋在院子里。罗美丽拍手叫道：“太好了，以后我们也有李子吃了！”

维小将的爸爸要进一趟城，榨汁机要买大型的，他想想就头疼：这么远，怎么运回来？长这么大，维小将都没进过城，这次他虽没开口，心细的妈妈却发现了他的小心思。晚上熄了灯，她在孩子爸爸耳边说了一通。小将爸爸这才意识到自己犯的错误，这么多年，他早该带孩子去外边瞧一瞧了。

三

这是维小将第一次坐大巴。

他坐在靠窗的位置上，贪婪地看着一下子就被甩到后面的绿树。这真是有趣的画面，树竟然也会跑步，还跑得那么快。

后来，他发现，闭上眼睛静静地待着就有一种倒退的感觉。他非常迷恋这种感觉，就一直将眼闭着，闭着…… 谁知最后睡着了。再一次睁眼时，他们已经到了汽车站。

下了车，一股浓浓的汽油味钻进他的鼻孔，痒痒的。他揉了揉鼻子，竟神奇地发现这个味道很香。他用力地吸气时爸爸却捂着鼻子说："汽油味大，熏死了，你还使劲闻，真是个呆子！"说着，一把拉走了他。

眼前的一切，维小将都感到很新奇。他的眼睛忙不过来了，既想看车来车往，又想看高楼大厦和各种商品。不远处有一个粉店，香气四溢，维小将拉住爸爸："我饿了。"

爸爸倒也爽快，直接买了三碗。先是一人一碗，另一碗，一人吃一半。维小将吃撑了，再起身走的时候，已经站不直身子了，从后面看像一只笨鹅。

卖榨汁机的售货员热情地接待了他们。一听说他们是卜花村来的，立马露出复杂的表情。是呀，这么远，榨汁机这么大，怎么运回去呢？

维小将心里嘀咕：要是榨汁机像孙悟空的金箍棒，能变大变小该多好。

“你得包车。”店长告诉维小将爸爸。

“多少钱？”虽然手头上有点钱了，但他还是舍不得花，这钱得留着盖新楼呢！

“五百。”

“这么贵！”

维小将和爸爸同时惊呼。

“太远了，没办法。”

维小将一脸心疼，他一面希望爸爸买下来，一面又不希望。爸爸只犹豫了一会儿就决定买了。不买，岂不是白跑一趟嘛！不过，不是现在买，而是明天才来买。他想在城里住一晚，维小将还没见过城里的夜景呢！

他们住的旅社前后都是街道，天黑了，街上还是灯火通明，时常有车的喇叭声传来。维小将听见喇叭声总是兴奋地趴在窗户上看。

“爸，你在城里干活的时候，晚上去哪玩？”

爸爸对这座城很熟悉，对这里的每一条街道都很熟悉。维小将这样一问，他自然想到公园了。孩子一定都喜欢公园吧！

晚上，公园里比白天还热闹。人们三五成群，有的在健身，有的在跳舞，有的在练琴，还有的就像他们一样，纯属来玩的。公园里有个儿童乐园。旋转木马、过山车、投圈圈……哪一样，维小将都想玩。此时的爸爸变得无比大方，大手一挥，维小将就如愿以偿了。玩够了，爸爸又带他去买奶茶。维小将第一次喝奶茶，里面的黑色珍珠他都一粒粒嚼着，弹性十足，可真好吃啊！喝完奶茶，爸爸又领着他去夜市，点了一份炒粉吃。

次日天刚亮，爸爸就去榨汁机店门口蹲着，等了好一会儿，店员才上班。

他们是坐货车回去的。维小将还是和来时一样好奇，这一次，窗外的高楼在他的眼前一闪，就跳到后面去了。城里真好啊！维小将想。

第十五章 新鲜红糖出锅了

一

第三茬甘蔗长得稀稀拉拉，有的大，有的小。维小将每砍一根，就失望一次。有一块地，地势比较低，今年下雨多，那里积水，甘蔗长得跟麻秆似的，维小将都不想收割了。

小将妈妈没去田里砍甘蔗，她和文勇兵的妈妈在院子里熬糖。她负责榨汁，文勇兵妈妈在一旁给她递甘蔗。熬糖必须用大块木头，耐烧而且没有灰烬，熬出的糖才干净。自从决定打造卜花村的红糖品牌后，两位妈妈经常上山砍柴。文勇兵和维小将出去玩也格外留意，看见哪棵大树的枝丫干枯了，就扯回来。

每次同时熬两大铁锅，一锅熬四个多小时，今天她们的任务是熬好两锅。这两锅，一锅是纯红糖，一锅是黄姜红糖。昨天，维小将的爸爸去镇上买回两筐最好的黄姜，两位妈妈早就把它们洗好晾干，今天也把姜汁放进甘蔗汁里一起熬煮。

火一旦烧上，就不怎么用管了，时不时加点木柴进去，这根本就不费什么人力。火燃得很旺，没一会儿大铁锅就冒出了热气。

此时，维小将父子正在把一捆捆甘蔗抬上三轮车。他们要把这些甘蔗运回家，给维小将的妈妈用。她说了，今年要熬出十锅红糖。十锅红糖要用多少甘蔗，他们心里也没数，只尽量把甘蔗运回家去，剩下的运到路口，等“弹破天”他们开车送去糖厂。文勇兵的爸爸从城里赶回来后，忽然不支持文勇兵妈妈熬红糖的想法了。他说：“现在什么糖都有，谁还会买这种？”于是，他决定把他们家的甘蔗全部卖给糖厂。文勇兵妈妈很为难，小将妈妈却说：“不要紧，我家出甘蔗，你来出力，咱们还是一起干！”

小将爸爸开三轮车经过文勇兵家的甘蔗地时，文勇兵爸爸冲他喊：“你可真支持啊！我说这红糖，她们准卖不掉。到时候，这红糖你就是吃到头发全白了也吃不完！”

小将爸爸内心也担心得不得了，可嘴上还是说：“不试一试怎么知道呢？”

大铁锅已经沸腾，两位妈妈一人拿着一个长勺，不断地搅拌。铁锅里的甘蔗汁打着漩儿，不时往上冒泡。维小将的妈妈眼里闪烁着泪光，她感觉，美好的日子也在这锅里跑起来了。

她们买的锅很大，大得可以装下一头乳猪。没想到的是，熬大锅糖这么费劲，已经烧尽了好几根胳膊粗的木头，搅拌得手也抽了筋，甘蔗汁还是那么稀。

很快就到中午了，维小将和爸爸回来，也没吃到现成的饭菜。维小将只好自己去做，爸爸也不抱怨，躺在竹椅里休息一会儿就来帮她们熬糖。

“熬多久了？”

小将妈妈哪有工夫看表，文勇兵妈妈想了想，说：“不到一个小时呢！”

“对啊，光榨汁就花费了很长时间。”小将妈妈说。

小将爸爸说：“蜜蜂采蜜、酿蜜，也一样辛苦。所有的糖，可都是汗水凝结成的！”

直到傍晚时分，维小将和爸爸收工回到家，才看见所有的糖都封在了模具里。她们一共买了二十张模具，现在，已经有十张模具整齐地躺在竹席上了。院子里都是红糖的香味。维小将又忍不住想用手抠出一个豆腐一样的小块来尝尝。他的指头刚触到红糖，就不由得抽了回来。指尖上沾了一点红糖，他舔了舔，真甜！只是，这红糖怎么这么软呢?

妈妈看见他鬼鬼祟祟的模样，上前一探究竟，看见被维小将戳破的一个小洞，就说：“糖还没凝结呢！得晾晾才能成型。”

维小将啜着指头，心里直怪自己太猴急了。

二

甘蔗长得稀，就砍得快。一周后，维小将家就砍掉了七亩田的甘蔗。文勇兵他们家砍完了，就过来帮维小将的忙。这一年，罗文晓三兄妹没来帮忙，一放了寒假，他们父母就接他们仨去了广东。今年，他们一家子要在广东过年了。

文勇兵长得像头熊一样强壮。他拿着砍刀，耸耸肩，说："小将，敢不敢跟我比？"

维小将心里自然没底，于是说："赢了有什么好处？"

"嗯……"文勇兵想了想，却没想出来。刚才说完那句话，维小将就后悔了，万一文勇兵提出他做不到的条件，怎么办？趁着人家没想到，他赶紧说道："谁输了，谁就吃完一棵甘蔗，怎么样？"

"啊？牙齿不全崩了？"文勇兵笑笑，但还是同意了。

两个孩子各站在一行甘蔗边上，齐声说："开始！"

砍刀在空中一闪，两根甘蔗同时倒地，他们又用力一挥，一根甘蔗又倒下了。一连几回，二人都不相上下。渐渐的，维小将感觉有点力不从心了。文勇兵脸不红，气不喘，手上仿佛有永远使不完的劲，砍刀在他的手上一上一下，一根甘蔗就倒了。

维小将只能眼睁睁地盯着走在前头的文勇兵。他累得说不出话，可又不肯认输，只得咬牙坚持。文勇兵忽然停下了，坐在地上休息。维小将趁机多砍了几棵，把最后的力气用尽了，他也坐下来休息。

爸爸们看着孩子们比赛挺有意思，也学他们斗了起来。而此时两个孩子已经累得不想站起来了，只好坐在原地为自己的爸爸打气。

“爸爸，加油！”维小将大喊，可能太累了，后面的“加油”喊得像一把坏掉的小提琴发出的声音。

“爸爸！加油！”文勇兵还是声如洪钟。

一时之间，两位爸爸难分胜负。渐渐的，维小将看出来了，他们根本没在比赛，两个人还像平时干活那样，该怎么做怎么做，一点着急的意思都没有。维小将觉得毫无看头，又继续他和文勇兵之间的比赛。毫无疑问，最后，维小将输给了文勇兵。

他说到做到，选了一根看起来比较好的甘蔗削起来，削好后正准备咬，文勇兵一把抓住甘蔗，笑嘻嘻地说：“哎，有好吃的怎么能不分享呢？”

维小将没想到文勇兵竟有这样调皮的一面，不由得笑了笑，一刀将甘蔗砍成两段，一人吃一半。

这一天，他们四个人砍了差不多两亩甘蔗。小将爸爸却高兴不起来，回到家不停地叹气：“今年的甘蔗长得真差，怕产量只有去年的一半多而已，不赚钱啊！”

小将妈妈白天熬糖，已经很困乏，这会儿还在给女儿洗澡，实在不想说话了。维小将连忙帮妈妈说道：“我们卖了红糖，肯定不会亏钱的！”

小将爸爸依然唉声叹气，继续算账：榨汁机花了多少钱，大铁锅又花了多少钱，到时候还要给文勇兵妈妈工钱，根本就什么也不剩下。

三

当熬到第六锅糖的时候，维小将妈妈却没了心思。昨天，邻居家来了隔壁村的亲戚，他一进村，就觉得卜花村种的甘蔗跟他们村的不一样。当闻到维小将家熬糖的芳香后，他不由自主来到了小将家察看。

“哦，这个是什么甘蔗？”

这个问题谁能回答呢？当初他们种甘蔗，哪里想过这叫什么甘蔗。见两个忙于熬糖的人一脸疑惑，他知道没人能回答他。他抓起一根甘蔗看了看，说：“这不像青皮甘蔗，有点像红皮甘蔗，可它身上还有青色的部分，还真不好说是什么品种。”

“那你们那里种哪一种？”维小将妈妈问他。

“好几种啊。就说我家吧，我们种了两亩黑甘蔗、两亩白玉甘蔗、两亩桂糖甘蔗，就跟你们种的这个差不多。”

接着，那个人又说起熬糖来，说有的人用黑皮甘蔗熬糖，有的人用白玉甘蔗熬糖，熬出的糖味道还真不一样。

一想起昨天的事，维小将妈妈就有了新思路：她要用不同的甘蔗熬出不同口味的糖来。

晚上睡觉的时候,小将妈妈就把自己的想法跟孩他爸说了。小将爸爸本来困得一闭眼就要睡着，听见这话，瞌睡虫都被吓跑了，他惊讶地嚷嚷道：“什么？我们种甘蔗的人还要花钱去买甘蔗？”今年收成不好，他什么心思都没有了。

小将妈妈仍不放弃，她说：“既然忠叔鼓励我们打造卜花村红糖品牌，我们总不能敷衍了事吧？不管你同不同意，我都要买下不同品种的甘蔗，每个都要试一遍，看看哪种甘蔗熬出的红糖口味好。只有用心去做，才能有好销路。”

小将爸爸气得大叫起来。他转过身，背对维小将妈妈，说：“你这是无头苍蝇乱飞！”

“买下市场上所有的甘蔗品种来熬糖，每一种，我就做一点，用我们家炒菜的锅熬。也花不了多少钱。”

“哦！”维小将爸爸这下子把心放回肚子里，美美地睡着了。

一大早，维小将妈妈就开着三轮车去买甘蔗。没想到，这一买，竟然买回了十六种甘蔗。用不同的甘蔗熬糖是个细活，需要耐心完成。第一天，她们试着用四种甘蔗熬出了不同口味和品质的糖，第二天又熬出三种 …… 直到第六天，她们才把所有的品种都熬完了。糖都做出来了，两位勤劳的妈妈叫上大伙来尝尝，让他们提提意见。

品种太多了，大家尝了几种后舌头变钝了，到后面已经品不出差别来。小将妈妈叫馋猫维小将来说说他最喜欢哪一种。这可是小将最拿手的，他天生有一条敏感的舌头。维小将指着其中一小碟糖说：“这种最好吃。”

这是用青皮甘蔗熬出的红糖。维小将妈妈也觉得这一碟红糖最好吃，糖质细腻，甜味浓又不齁嗓子，甘蔗出水量也高，非常划算。她眼睛一亮，说道：“孩子他爸，今年那些老甘蔗种了第三茬了，该挖根种新的了，这次，我们改种青皮甘蔗吧！”

维小将爸爸只能同意。

但眼前的这些甘蔗还要不要接着熬呢？当然不要了，维小将的妈妈叫他们把这些甘蔗拉去路口，再去别的村买回青皮甘蔗。很快，院子里就堆满了青皮甘蔗。榨汁机又开始忙起来，维小将、文勇兵也来帮忙了。

熬呀熬，这一年的冬天，他们足足熬出了十锅红糖。红糖阴干后，他们用袋子包装起来，等忠伯伯和唐秘书过来检验。

第十六章 卜花村的多味红糖

一

忠伯伯和唐秘书真的来了,他们没有忘记当初许下的承诺。两位妈妈把红糖摆在长长的桌子上。忠伯伯拿起来嗅了嗅，眼睛一亮。唐秘书尝了尝，连连点头说味道很正。

站在一边的维小将给忠伯伯使眼色，一根指头不停指向一个方向。忠伯伯的目光定在最边上的一罐红糖上，别的红糖都是用塑料袋装的，就它是用塑料罐装的。忠伯伯拿起一块尝了尝，惊叹道：“啊，甜，起初很淡，在嘴里慢慢融化，甜味就浓起来了，但浓而不烈，很温和。”

唐秘书也放下手中的塑料袋，过来品尝罐里装的。他边吃边点头，问道：“为什么它味道不同？”

维小将笑嘻嘻地从后面拿出一根青皮甘蔗啃起来，边吃边说：“因为呀，它是用这种甘蔗做的糖！”

唐秘书平日最喜欢吃这种甘蔗，削了皮，切成一个个方块，一口一块，别提有多惬意了。

忠伯伯也尝了另外几种甘蔗做出的红糖，其实都不错，口感细腻，没有残渣，这是两位淳朴的村妇亲手熬出来的，怎么可能找不到销路？

不过，忠伯伯还是说："我们要做品质最好的红糖，下次，我们的红糖都做那种罐装的。另外，你们能自己种青皮甘蔗吗？自产自销，我们的特色就有了。"

"对！最好种植都用农家肥，打造绿色无污染的红糖！"唐秘书补充道。这个点子立马得到了忠伯伯的全力支持，他看了看一直站在旁边、默默不语的小将爸爸，问："这样的红糖能大量做吗？"

对小将爸爸来说，辛苦他是不怕的。第一年种甘蔗，他就没想过用化肥，锄草也是用一把锄头来解决，只是后来种得多了，才向化肥和除草剂投降。如今忠伯伯发话，他曾经的雄心和壮志又回来了，于是说："行是行，不过，小将啊，以后要辛苦你了。"

维小将才不怕呢，他拍拍胸膛，说："爸，有我呢，您放心！"

哈哈！

他的童言无忌让大伙都笑了。

这天才是腊八节，离过年还有一段时间，小将爸爸开着三轮车，带上维小将出村了。他们要赶着去外村找青皮甘蔗种。文勇兵的爸爸见忠伯伯都伸出援手，心里有些动摇，可他还是对勇兵的妈妈说："如果今年的十锅糖都卖出去，我就同意你入股。"

"那你可就睁大眼睛瞧一瞧了！"因为这件事，文勇兵的妈妈到现在还生气呢。忠伯伯说了，古法造出的红糖可以卖到八块钱一斤，如果包装好一些，十块钱一斤也有人买。据说，城里的人们除了做点心会用到红糖，平时也会用红糖泡水喝，说是对身体好。女士们最喜欢的是老姜红糖，冬天喝上一碗，全身都暖了。

冬天的阳光很淡，太阳还没落山，雾霭就升起来了。维小将和爸爸满载而归。明天，他们要去地里把老甘蔗根挖起来，再种上新的甘蔗。

一大早，小将妈妈就把女儿托给了文勇兵的妈妈照顾。维小将吃过早饭，一个人先扛着锄头和铲子出门了。他爸爸还要开着三轮车去运回甘蔗苗。挖老甘蔗根远比想象中困难，没想到，几年不动的土地，在甘蔗根的盘结下比石头还硬。维小将一锄头砸下去，只崩掉一个拳头大的土块，锄头还反弹回来，他的手臂好像被人用竹竿打了一下，差一点就拿不稳锄头了。好不容易才挖掉一棵甘蔗的老根，维小将已经累得上气不接下气。

妈妈姗姗来迟，见维小将来了这么大半天才挖出几棵甘蔗的根，心里燃起一股无名火，斥问："怎么偷起懒来了？"

此时，维小将正坐在田埂上休息，他累得不想辩驳。

要过好日子，哪有那么容易？维小将忽然想起外婆家的犁和牛，心里便有了主意。

二

借来牛的第二天，忠伯伯又来了。这次他带来好几个人，维小将觉得那个拿着话筒的漂亮阿姨像主持人，那个扛摄影机的叔叔应该是配合漂亮阿姨工作的。果然，小将爸爸推着犁，老牛慢悠悠地走在前面，小将在后面捡起甘蔗根时，漂亮阿姨对着话筒说话了，那个叔叔跟着牛走动，一直将镜头对准他们。

事后，忠伯伯告诉维小将：“你今天努力干活的样子将会在电视上播放，到时候全国各地的小朋友都会看见你勤劳的样子。”

犁完一整块地，维小将也捡完了全部的甘蔗根。这些甘蔗根可是上等的柴火，等晒干拿去烧火熬糖，糖的味道自然更不同。维小将爸爸用三轮车驮来一车猪粪，维小将一家又开始忙起来。爸爸把甘蔗丢进坑里，小将撒下一层猪粪，同时用大腿一扫，给甘蔗埋上土。忠伯伯也来帮忙，他已经好些年没劳作了，这种感觉让他倍感亲切。再次抬头，望见杂草丛生的小路，他觉得卜花村的路要修一修了。

果然，没几天，文勇兵说，他在电视里看见了维小将。当时，维小将一张古铜色的脸透着光，正低头捡甘蔗根。那位漂亮的主持人阿姨还说：“这些甘蔗，都是卜花村的村民用自己勤劳的手，一点一点种出来的。他们的甘蔗，是吃着无污染的农家肥长大的。用这样的甘蔗榨出的红糖，将会是怎样的呢？让我们大家一起期待吧！”

看了新闻，文勇兵的爸爸上门了。他说：“小将他爸，我算看出来了，你们一家可要发财了！”

“老文，大家有钱一起赚！如果你愿意，也挖了老甘蔗根，种青皮甘蔗吧！”

没几天，小将妈妈做的十锅红糖就被城里的商人订购光了，五块钱一斤。小将妈妈自己赚了钱，心里特别高兴。一高兴，她就带维小将去赶集，买年货。维小将别的不想买，只流连在卖鞭炮的摊前不肯离去。放鞭炮就是烧钱，小将妈妈哪里舍得，问了价，一小串两块五，两串就是一斤红糖。要是买十串鞭炮，那得烧掉五斤红糖！她咬咬牙，使使劲，拉走了维小将。

给小将买新衣服倒是很舍得，她一口气买了五件，两条裤子、两件秋衣、一件外套。维小将笑了笑，心里还是有点难受。

春去夏来，甘蔗苗活力十足。它们好像在跟聒噪的知了比赛，就是做梦，维小将也能听见它们拔节而长的声音。和它们一同生长的是乱七八糟的野草。

该去锄草了。忠伯伯又带那些人来了，维小将一家人挥汗如雨地刨除野草时，摄影的叔叔又把镜头对准了他们。锄了草又要施肥。现在田里都是甘蔗，三轮车进不来，他们一家人只能一人挑一担。别看维小将个头小，挑起担子来也不输给妈妈，镜头又给他来了一个特写。

临走前，忠伯伯告诉维小将，以后他们会经常来，把卜花村红糖是怎么炼成的一五一十地告诉全国观众，让他们放心买，放心吃。

三

盛夏，开得最艳的当数美人蕉。在花阿婆的精心呵护下，卜花村的美人蕉红得就像炭火。罗文晓三兄妹在路边摘下一朵朵美人蕉，闻一闻，就闻到了甜甜的花香。维小将看见了，告诉他们："这有什么好闻的，等我家熬好红糖，让你们吃够！"

罗文晓高兴地咧着嘴，说："小将，这次你们家种的甘蔗真好吃！"

不等他把话说完，维小将就知道他的意思了，连忙保证："等甘蔗成熟后，随便你们吃！吃到撑！"

村里的月季花、玫瑰花也开了，晚上还有美妙的夜来香。小将妈妈一整天都心不在焉，她被这花香搅得心神不宁。见她精神不振，维小将担心地问："妈，你是不是不舒服？"

妈妈摇摇头。花香让她心烦，也让她欣喜。第二天，她专门去找了花阿婆一趟。

“花阿婆，什么花能吃呢？”

“南瓜花能吃。”花阿婆指了指手中的一大把南瓜花，她正准备拿这些花去下汤。

“我想问的不是这个。南瓜花能吃我知道。”

“哦，那就是木槿花、木棉花、桂花和玫瑰花。”

维小将的妈妈心里又有了主意：卜花村，卜花村，红糖里没有花，怎能体现出卜花村的特色来呢？

但是哪里能买到这些花呢？

维小将的爸爸告诉她，城里什么都有的卖。如此一来，她也要进城瞧一瞧了。这次，她不跟孩子爸爸去，她要找文勇兵妈妈做伴。维小将爸爸问：“你不会迷路吧？”

“我们两个大人能做出这种傻事？”

就这样，她们坐上了进城的大巴。维小将和文勇兵坐在村口的木棉树下等妈妈回来。天快黑了，他们终于看见了熟悉的身影。

灯光下，粉色的玫瑰花瓣、金色的桂花和淡黄的野菊给两个孩子开出一片新天地。他们目光炯炯，想用手去摸一摸，但又怕弄脏了花。小将爸爸也凑上前，花香袭人，但他还是要泼冷水：“你们怎么知道加了花红糖味道会更好呢？万一搞砸了，可就白费力了！”

“爸，月饼有红豆馅的、绿豆馅的和五仁馅的，都好吃。我相信，我们做的鲜花红糖也一样好吃！”

维小将总是说乐观的话，妈妈对他一笑，竖起大拇指。

青皮甘蔗一节一节生长，高过了维小将又高过了维小将的妈妈和爸爸。

秋天来了。秋一来，就可以砍下一根甘蔗尝一尝了。维小将以为它很硬，用力一咬，不想轻轻松松就咬下了一大口，嚼一嚼，清脆、鲜甜，吃了一口还想吃第二口。

忠伯伯又来了，他告诉小将妈妈，老姜红糖很受欢迎，叫他们今年多做一些。维小将把鲜花红糖的构思告诉了忠伯伯，他听后眼睛亮起来，直夸道：“你们脑子真灵光！到时候，我们可以来个现场直播！”

现场直播熬红糖可是一件严肃的事，到那时，他们几人代表的可是卜花村的形象呢，一定不能穿平时干活的衣裳。维小将的妈妈一狠心，买了几套壮族服饰，说是熬糖的那天穿。文勇兵妈妈却一脸愁容，她担心穿这么好的衣服干活会碍手碍脚。维小将妈妈了解她，于是说：“甭管了，就当是平常一样！”

终于盼来了熬糖的好日子，天晴、云白、山绿。甘蔗已经被运回院子，青翠翠的，泛着光。洗甘蔗是一件苦力活，维小将和文勇兵负责这项工作。他们的妈妈一人操作一台榨汁机，青青的甘蔗经过榨汁机一压，泉水一样的汁水就涌出来，一股股流进桶里。

忠伯伯和唐秘书都夸这甘蔗真好。镜头从维小将他们转移到榨汁机上，主持人阿姨不停地向观众们介绍卜花村的红糖是怎样一步步炼成的。

小将爸爸烧开了锅，文勇兵爸爸把榨出来的甘蔗汁倒进锅里。火很旺，是用去年的甘蔗根烧的，整个空气中都弥漫着甘蔗的气味。甘蔗汁热起来了，浮起一层层白沫，他们连忙撇去浮沫，要是等甘蔗汁沸腾后，就来不及了。

过滤再过滤，直到一点残渣都没有了，他们才放心大胆地搅拌起来。有时候，维小将也过来瞅瞅进度。他喜欢把筷子插进去，抽起来，看看抽丝了没有。

忠伯伯他们早被红糖的气味醺醉了。

模具已摆好，维小将妈妈把一些花瓣撒上去，再倒上红糖，用铲子铺平，给它晾一晾。维小将已经等不及要看看鲜花红糖的样子了。鲜花会与红糖相融合吗？

另外一块模具上，他们先倒上红糖，再撒上一层桂花，看起来很美。维小将对文勇兵说，等冷却了，他要先吃桂花红糖。

直播结束了，大家都期待红糖成型后的样子，只可惜，红糖不会这么快就冷却成型，忠伯伯他们只能恋恋不舍地离开了。

几天后，红糖可以脱模了。果然桂花红糖最好看，一块赤色的红糖里，镶着金色的花粒子，好像木盒里装着金珠子。维小将忍不住咬了一口，嗯！红糖的香甜混着桂花的清香，味道好极了。

玫瑰花红糖也不错，桃形的花瓣印在糖块上，好像一幅油画；菊花红糖呢，细长的花瓣丝丝缕缕，嵌在红糖里，好像春天地里冒出的嫩芽。

每一种，维小将都尝了一块，每一种，都给他不同的感觉。

第十七章 改天换地大变样

一

卜花村的特色红糖销量越来越好，很快就卖断了货。忠伯伯希望他们的花样红糖能形成一个产业，又来动员村里的人入股。

维小将家的院子很大，门前一条路一直通到榕树爷爷那里，在这里建一个工作车间，简直太完美了。忠伯伯和唐秘书还乘着小竹筏，游了一遍黑水河。黑水河真美，它就是卜花村的一颗明珠啊！唐秘书说：“现在民宿很流行，在黑水河上游一趟，就有一种进入世外桃源的感觉。如果卜花村建起民宿，我觉得这也是一条新农村建设的光明大道。”

正说着，竹筏拐了一道弯，只见绿树掩映下，隐约露出一座座小房子。那就是卜花村。

修路的事上级政府本来已经审批了，却因为新的计划不得不搁置下来。

文勇兵爸爸一听见民宿这个项目，心里就激动。文勇兵心里却怎么也高兴不起来，他告诉维小将："我爸说了，等新的卜花村建好，他就不种甘蔗了，他要搞民宿生意。我真担心啊……"

维小将也听说了，卜花村要建设新型旅游区。这一切都是因为妈妈的花样红糖，很多网友看了直播，吃了红糖，都说想来卜花村看一看。再加上，近些年城里人特别喜欢来乡下旅游，民宿生意很火爆。

就在大家议论纷纷、莫衷一是时，几台大型挖掘机真的开进了卜花村。进村的路太窄，他们就往路两边堆土，砌石头，好让挖掘机进来。

根据规划，卜花村的建设要分两期完成。第一期，先拆建北边的房屋。南边的房屋第二期再进行。北边的人要先到南边的人家住一段日子。文勇兵家住北边，维小将坚决要他们一家来他家住。

正所谓盛情难却，文勇兵一家搬上东西，真的来了。维小将家热闹非凡，就是晚上，也常听见响亮的笑声从屋顶冲出来，飘向夜空。

每天天刚微微亮，挖掘机就咣咣地响起来，一直到天蒙蒙黑，机器才静下来。刚过去一周，卜花村北部就变成了一块平地。挖地基时，村里的青年男子都去帮忙了。

维小将每天上学时都要踮起脚尖望一望，听妈妈说，这次他们家的新楼很美。他看了看自己家的瓦房，庆幸爸爸没有像罗文晓爸爸那样盖楼房，不然这次拆掉多心疼啊！

二

大货车在卜花村进进出出，有运废弃物的，有运建材的，还有运工人进村的。热火朝天地修建了几个月，卜花村发生了翻天覆地的变化。维小将连自己的家都不认识了。

整个村落都是统一的两层半小高楼，白墙灰瓦，大老远一看，这是一个古朴的村寨。碧幽幽的黑水河萦绕村畔，处处营造出一种江南水乡的感觉。村里石板路和水泥路相互交错，因为太过整齐了，一开始维小将总是走错路。他有一次走到文勇兵家里去了，直到进了门，见了人，才知道这不是自己的家。

文勇兵的爸爸果然开起了民宿，他把自家的甘蔗地转租给了维小将家。这下子，维小将家就有二十几亩甘蔗地了。小将爸爸一点也不担心，因为，在他家新楼的不远处，政府出资给他盖了一个榨糖的工作车间。那是一排平房，有独立的院子，院子里铺着石砖，四周种满鲜花。平房前面还有一个大大的亭子，亭子里有四口灶。这就是将来熬糖的地方。亭子的南面是石砖砌的长桌子，那是为了放模具准备的。平房共有四间，小将妈妈决定，最小的那间做办公室，最大的那间用来阴干红糖。剩下的两间，一间做仓库，一间展示红糖，好让游客们来参观。

第二茬甘蔗长得很茂盛，它似乎感受到了卜花村人的期盼，日日夜夜，不停地鼓劲往上冒。花阿婆还像以前那样，侍弄村里的花草。有些花她都不认识，每次看它们的眼神就好像一个不谙世事的小姑娘。她逢人就问，这是什么花？那是什么花？

维小将喜欢站在二楼的阳台看村貌。左边是榕树爷爷，它像一把大伞。曲曲折折的黑水河，波光粼粼。河中，或大或小的石块耸立，有灌木和草在石块上生长。维小将以前从来没有靠近看过，不知道为什么水中的石头上还能长出小草，现在终于有机会了，文勇兵爸爸在河边开了民宿，他买了几只小船，供游客们租船游玩。

文勇兵爸爸一开船，维小将就和伙伴们挤上去，他们也想把黑水河游个遍。

真的有游客来卜花村玩了，文勇兵爸爸喜笑颜开。维小将却一时难以适应，自己正在院子里看花呢，就有人偷偷给他拍照。每次遇到这种情况，他总是尴尬地笑笑。

卜花村的旅游事业还得再推一推，忠伯伯叫大家想办法。唐秘书一向点子最多，他觉得卜花村有水，可以开展一些节日民俗活动。文勇兵爸爸说：“这事包在我身上，我知道城里人喜欢看什么！”

维小将不忍心爸爸在毒辣的阳光下干活，可是忠伯伯说了，如果没有甘蔗，卜花村就会失掉一半的光彩。忠伯伯也给他们想到了办法，他建议种甘蔗的人都去买小型的除草机。小将爸爸也想开了，他开着除草机回来后，维小将跃跃欲试。小将推着除草机“嘟嘟”地跑起来，野草立马连根拔起了，这似乎不是干活，更像一种好玩的游戏。

收割甘蔗时，忠伯伯叫人开来收割机，一趟开过去，几排甘蔗全倒下了。维小将喜欢站在一边看，司机笑着问：“想不想上来坐一坐？”

维小将二话不说就爬上了收割机。收割机带着他在田里奔跑，那种感觉，比荡秋千还好玩。晚上，维小将对爸爸说：“将来，咱们也买一台甘蔗收割机。”

“买，买！明年就买！”

这一次，小将妈妈雇了村里人来熬糖，小将不用去给甘蔗洗澡了。他像只小猫，窝在大铁锅旁边，学学大人怎么撇沫，怎么过滤，怎么搅拌。就连烧火也有讲究，什么时候大，什么时候小，都要掌握好分寸。

花阿婆也被糖香吸引来了。她告诉小将：“几百年前，卜花村人就喜欢熬糖，可惜，后来没有人能把熬糖的事做大，现在你们家做到了。”

一股豪情从维小将的胸腔里涌出来，可他的小鼻子忽然觉得酸酸的。他们怎么做到的？回想过去在甘蔗田里洒汗劳作的日子，维小将心里有了答案。

三

这一年，生产红糖成了卜花村的支柱产业，许多背井离乡在外打工的人回了村，开民宿的开民宿，跟着熬糖的熬糖。忠伯伯给他们带来新的项目，让有能力的人来承包。罗文晓的爸爸妈妈早回了村，他们了解相关项目后，决定承包水上漂流项目。

在外流浪的人都回来扎根，卜花村踏实了。人多就好办事，忠伯伯决定以后每年都开展一些文艺活动。眼下，端午节就要到了，维小将听大人们说，村里要在黑水河举行一次赛龙舟活动。他多想参加比赛啊，可是听说这是大人的事，小孩子只能参加歌坡节的唱歌比赛。

歌坡节在端午之前。建设新的卜花村时，维小将就对他们设计这样的舞台感到奇怪。那个时候，他怎么也想不到以后自己可以站在上面表演。

花阿婆是隐藏的歌唱家，听说歌坡节可以唱山歌，她又哼起来了。维小将的爸爸也会哼几句，可嗓门太粗，高音又上不去，像只被人掐住脖子的鸭子在叫，自然不敢报名献丑。他把希望寄托到维小将身上。维小将清清嗓子，唱道："不要赶鸭子上架！"

“嗯！有点天赋！卜花村大变样，你们孩子不上台唱唱歌实在说不过去。我看呀，你得找花阿婆学学去！你们都该找花阿婆去！”

就这样，卜花村成立了一个少年歌唱班，而花阿婆就成了孩子们的老师。

孩子们学得很快，在歌坡节到来之前，他们已经把花阿婆临时编的歌谣唱熟了。

忠伯伯预测，届时会有不少外地游客来参观，便给孩子们定做了统一的服装：男孩，清一色的蓝色壮族衣裤；女孩，清一色的红色壮族裙子。

第一个节目是吹笙，好多人听得津津有味。维小将虽然不懂音乐，但也感受到了旋律的欢快。第二个节目是竹竿舞，维小将后悔了，早知道他该参加这个。竹子两端有人握着，随着节拍一张一合，人们灵活的双脚一蹦一跳，就像跳绳似的，竹竿怎么也夹不到他们的脚。

第三个节目是唱山歌。小将走上台才知道底下人山人海，他刚站稳，就发觉腿抖得厉害。罗文晓握紧他的手，维小将这才知道，原来罗文晓抖得更厉害。音乐响起，维小将机械地打开喉咙，当唱到“卜花村美如画，甜如蜜”这句时，所有的紧张都消失了。他越唱越入迷，妈妈站在人海中，看着他唱歌的模样，笑容满面。

经过这一唱，维小将更爱卜花村了。

端午节那天，好多人来这里度假旅游。小将爸爸报名参加龙舟赛，此刻，他正握着划桨，蹲坐在船头。另一艘船上，在最前头的是文勇兵的爸爸。文勇兵握紧拳头，横在维小将面前，说："我爸一定赢！"

维小将也不甘示弱，他也握着拳头，说："我爸保准赢！"

号角一声响，人们使劲划起来，巨大的水花翻转，一下把它们的船推出很远。两艘船似乎长了翅膀，在水面上急速驶去。

"加油！加油！"

维小将使出浑身的力气喊，只可惜，他的加油声被淹没在大伙的声音里了。维小将不管了，他撒开腿，沿着黑水河岸边飞奔，可他怎么也追不上龙舟。龙舟溅起的水花老高，维小将耳边的风呼呼的，它们都在奔跑，都在朝着美好的日子奔跑……

图书在版编目（CIP）数据

糖都少年 / 朱德华著. -- 济南 : 山东友谊出版社,
2024. 10. -- ISBN 978-7-5516-2989-8
Ⅰ. I247.7
中国国家版本馆CIP数据核字第2024CB6563号

糖都少年
TANGDU SHAONIAN

责任编辑：王健男
装帧设计：雷祥荣

主管单位：山东出版传媒股份有限公司
出版发行：山东友谊出版社
地址：济南市英雄山路 189 号　邮政编码：250002
电话：出版管理部（0531）82098756
发行综合部（0531）82705187
网址：www.sdyouyi.com.cn
印　　刷：泰安市富蓉印刷有限公司

开本： 880 mm×1230 mm　1/32
印张： 5.25　**字数：** 100 千字
版次： 2024 年 10 月第 1 版　**印次：** 2024 年 10 月第 1 次印刷
定价： 26.00 元